新月经典

第三辑

中国传统文化经典儿童读本

元曲三百首

任中敏 选编 卢 前 修订

熊 蓉 邓启春 注释

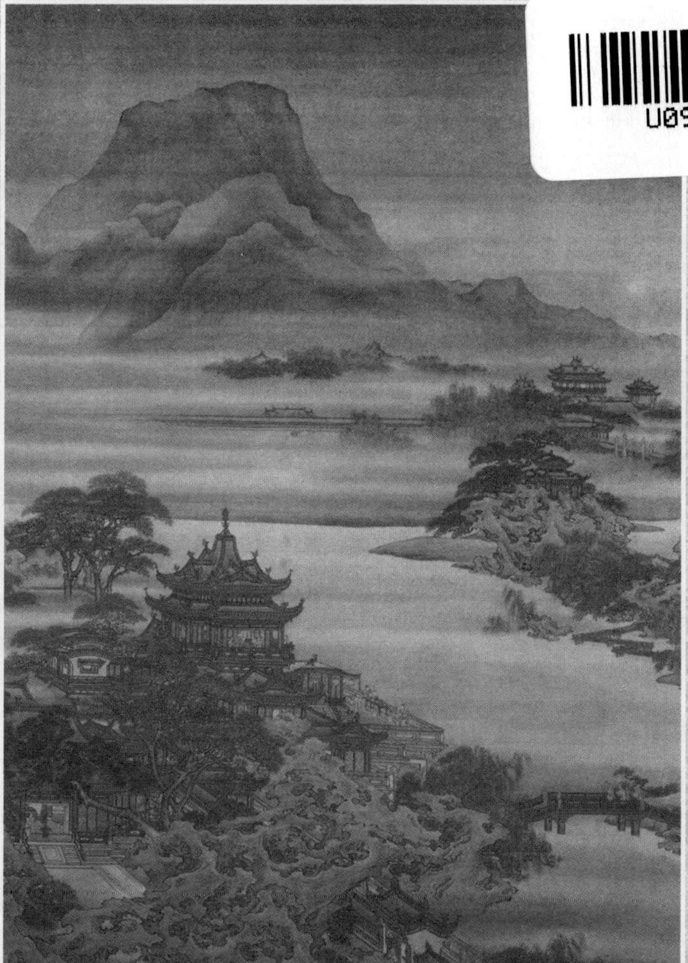

汉宫春晓图

云南大学出版社

·昆明·

图书在版编目（CIP）数据

元曲三百首/任中敏选编 卢前修订 熊蓉 邓启春 注释.-昆明：云南大学出版社，2005.4
（中国传统文化经典儿童读本·第3辑）
ISBN 7-81068-927-4

Ⅰ.元… Ⅱ.①熊… ②邓… Ⅲ.汉语拼音-儿童读物
Ⅳ.-1222.9

中国版本图书馆 CIP 数据核字(2005)第 011271 号

元 曲 三 百 首

选题策划 新月经典编委会
封面设计 林爱华
责任编辑 冯 峨
组稿编辑 赵红梅
责任校对 华鸣凤
出版发行 云南大学出版社
（昆明市翠湖北路2号 邮编：650091）
印 刷 广东省茂名广发印刷有限公司
开 本 787×1092 1/16
印 张 17.25
字 数 220千字
版 次 2005年4月第1版
印 次 2005年4月第1次印刷
书 号 ISBN 7-81068-927-4/G·406
定 价 22.00元

前言

全球“儿童读经”发起人台中师范大学王财贵教授认为：人的一生要学的东西非常多，简单地可分为科学知识（如数理化等）与非科学知识（如美术音乐文学），对科学知识的传授要按照科学方法来进行，即“第一步懂了才教第二步”；而非科学知识的传授则要靠**“耳濡目染，逐步提升”**的方法来进行。

对每个孩子的一生来说，学校的考试成绩并不重要，重要的是要通过教育培养他学习的兴趣以及思考和解决问题的能力。古话说**“三岁定一生”**，儿童心理学研究发现，0~13岁是他们一生中记忆力最佳的时期。这个时期，他们的吸收能力像海绵一样强大。给他经典，他就会吸收于内心深处，随着年龄的增长，经典之精髓就会慢慢地在他身上发酵，从此**“与经典同行，与圣人为伍”**将贯穿于他生命的始终！

经典是唤醒人性的著作，可以开启人们的智慧！经典能深入到一个人心灵的最深处，能培养一个人优雅的性情和敦厚的性格！文言即文章的语言，是多数经典使用的语言，是经过千百年来锤炼升华而成的优美、简洁、精确的语言。在中国五千年文明历史的长河中，能够流传至今的经典之作莫过于经、史、子、集，其中蕴涵了大量的成语典故、伦理道德、人文历史、礼仪风化等中国文化。儿童在这些经典的熏陶下，就会从内到外地散发出儒雅的气息，变得知书达礼，心胸宽广，学习能力倍增！

至于教学方法，我们建议采用王财贵教授总结的教学六字真言：**“小朋友，跟我念”**。让儿童多读经典，多背经典。所谓**“读经诵典，受益匪浅”**！

胡适先生（28岁留美回国即任北京大学教授，与叶圣陶一起制定国民政府的教育改革纲领）9岁之前就已熟记《四书》《五经》等经典著作，背诵古诗过千首。在他回忆儿童时期的读经经历时，说到私塾老师介如先生和禹臣先生的讲经使他鹤立于其他私塾同

学，奠定了他一生成就的基础。因此，我们建议老师和家长在儿童需要讲解时适当参考注释，以满足儿童的求知欲。

基于上述理念，我们根据《四库全书》并参酌诸家版本，经过认真细致的考证、诠释、注音等工作，采用既适合儿童诵读又适合成人参考的新颖而精美的版式设计：

大字	不伤眼睛	拼音	容易诵读
双色	字音醒目	注释	解惑释疑
配画	陶冶情趣	配音	寓学于听

我们建议老师和家长按照“新月经典”的顺序安排引导儿童诵读，我们将陆续推出四辑新月经典。

第一辑诵读全本，基本上在13岁前即小学毕业前完成，要求学生精读熟读，最好能背诵：

①《论语》 ②《老子·大学·中庸》 ③《诗经》 ④《孟子》
⑤《唐诗三百首》 ⑥《易经》 ⑦《庄子》 ⑧《尚书》
⑨《楚辞》 ⑩《古诗源》

第二辑幼学诵读全本，应在小学毕业之前完成，只供学生补充诵读：

①《三字经·百家姓·千字文》 ②《千家诗》
③《声律启蒙·笠翁对韵》 ④《孝经·弟子规·增广贤文》
⑤《幼学琼林》 ⑥《五字鉴》 ⑦《龙文鞭影》
⑧《孙子兵法·三十六计》

第三辑阅读全本，应在初中阶段完成，只要求学生阅读：

①《礼记》 ②《荀子》 ③《春秋左传》 ④《尔雅》
⑤《山海经》 ⑥《国语》 ⑦《武经七书》 ⑧《战国策》
⑨《仪礼》 ⑩《春秋穀梁传》 ⑪《春秋公羊传》 ⑫《周礼》
⑬《宋词三百首》 ⑭《元曲三百首》

第四辑阅读全本，供学有馀力的学生选读：

①《三国演义》 ②《水浒全传》 ③《红楼梦》 ④《西游记》
⑤《聊斋志异》 ⑥《史记》 ⑦《吕氏春秋》 ⑧《东周列国志》
⑨《文选》 ⑩《古文观止》

让我们在每个孩子是天才的时候，给他们以天才的教育，赶快加入到读经诵典的行列中来吧！

“新月经典”编委会

元曲三百首

目录

元曲三百首

目录

目录

序

昔吴公子札观周乐，闻大雅，曰“曲而有直体”；颂，则曰“曲而不屈”。前尝假“直”、“不屈”二义，论有元之曲。夫唐诗宋词元曲，自时代言之者，各有其所胜。然诗必雅正，词善达要眇之情，曲则庄谐并陈，包涵恢广。自体制言之，亦各有其专至，不相侔也。惟诗在唐後，一再演变，虽曰未穷，途径之當辟殆尽。若词随宋亡而亡，形体徒存，不复能别开异境。独曲未造极，世称元曲，顾曲实非元所能尽耳。

往在南都，中敏有《元曲三百首》之辑，善踵蘅塘退士之于唐诗、彊村翁之于宋词而为者。时元曲传本，仅有杨朝英二选与天一阁藏《乐府群玉》；诸家别集及《乐府新声》尚未得见，故卷中所录颇不称。或二三首，或十数首，而张可久多至七十二首。选录初毕，殊未自惬。今年，前从闽海还渝城，居北碚山馆，纂全元曲二百二十八卷成，因取中敏旧选，略加删定，去南都始订兹编且十七年矣。而今日之世，为五千年来所未曾睹，凡百旧文，何足状当前情事万一；描影绘声，惟酣畅淋漓、直不屈之曲体其庶几乎！是涵泳无妨元曲之中，而取材必在元曲之外，《元曲三百首》者，聊备体格，供来者之玩索而已。

民国三十二年十月十日　卢　前

秋树昏鸦图　清·王翚

此图以唐寅诗意构画境，将宋李成的寒林昏鸦、赵大年的湖天垂柳，元王蒙的修竹远山等典型图绘景物融置一图，体现出作者晚年特有的画风，为其一生师古、临古後演化所得。

zhòu yǔ dǎ xīn hé

1 骤雨打新荷[①]

yuán hào wèn

元好问

lǜ yè yīn nóng, biàn chí táng shuǐ gé, piān chèn liáng
绿叶阴浓，遍池塘水阁，偏趁凉

duō. hǎi liú chū zhàn, yāo yàn pēn xiāng luó. lǎo yàn xié
多。海榴初绽[②]，妖艳喷香罗。老燕携

chú nòng yǔ, yǒu gāo liǔ míng chán xiāng hè. zhòu yǔ guò,
雏弄语，有高柳鸣蝉相和。骤雨过，

zhēn zhū luàn sǎn, dǎ biàn xīn hé.
珍珠乱糁[③]，打遍新荷。

rén shēng yǒu jǐ, niàn liáng chén měi jǐng, yī mèng chū
人生有几，念良辰美景，一梦初

guò. qióng tōng qián dìng, hé yòng kǔ zhāng luó. mìng yǒu yāo
过。穷通前定[④]，何用苦张罗。命友邀

bīn wán shǎng, duì fāng zūn qiǎn zhuó dī gē. qiě mǐng dǐng,
宾玩赏，对芳尊浅酌低歌[⑤]。且酩酊[⑥]，

rèn tā liǎng lún rì yuè, lái wǎng rú suō.
任他两轮日月，来往如梭。

注释：①**骤雨打新荷**：曲牌名。一说为题目名，曲牌名应作《小圣乐》，属小石调。由于曲中“骤雨过，珍珠乱糁，打遍新荷”几句词脍炙人口，所以又被称作“骤雨打新荷”。②**海榴**：即石榴。原从海外移植，故名。③**糁**：散开，散落。一作“撒”。④**穷通**：指困穷和显达。穷通前定，意谓困穷与显达都是前生注定的。⑤**芳尊**：美酒。尊，同“樽”，酒杯。⑥**酩酊**：大醉。

荷塘飞燕图　宋·佚名

② 小桃红·采莲女（一）[①]

xiǎo táo hóng cǎi lián nǚ yī

杨果

yáng guǒ

cǎi lián rén hè cǎi lián gē liǔ wài lán zhōu guò

采莲人和采莲歌[②]，柳外兰舟过[③]。

bù guǎn yuān yāng mèng jīng pò yè rú hé yǒu rén dú shàng

不管鸳鸯梦惊破。夜如何？有人独上

jiāng lóu wò shāng xīn mò chàng nán cháo jiù qǔ sī mǎ

江楼卧。伤心莫唱，南朝旧曲[④]，司马

lèi hén duō

泪痕多[⑤]。

注释：①**采莲女**：杨果用《越调·小桃红》曲牌所写小令现存十一首。其中八首，见《阳春白雪》，无题，所选的二首为第三、第八首。②**和**：唱和。③**兰舟**：用木兰木制的船。常用作船的美称。此指采莲船。④**南朝旧曲**：指南朝陈後主所作词曲《玉树後庭花》，一向被认作亡国之音。唐杜牧《泊秦淮》诗："商女不知亡国恨，隔江犹唱後庭花。"⑤**司马泪痕多**：唐代诗人白居易曾被贬为江州司马，他的《琵琶行》诗的结句是："座中泣下谁最多，江州司马青衫湿。"在此化用该句，为作者自比。

仕女图之采莲 清·焦秉贞

3 小桃红·采莲女（二）

xiǎo táo hóng cǎi lián nǚ èr

cǎi lián hú shàng zhào chuán huí fēng yuē xiāng qún cuì
采莲湖上棹船回[①]，风约湘裙翠[②]。yī qǔ pí pá shù háng lèi
一曲琵琶数行泪。wàng jūn guī fú róng kāi jìn wú xiāo xī
望君归，芙蓉开尽无消息[③]。wǎn liáng duō shǎo hóng yuān bái lù hé chù bù shuāng fēi
晚凉多少，红鸳白鹭，何处不双飞！

注释：①**棹**：船桨。此指用桨划船。②**约**：缠住。**湘裙**：用湖南一带所产丝绸做的裙子。③**芙蓉**：荷花。

月曼清游图之游湖赏荷　清·陈　枚

4 干荷叶[1]

gān hé yè

liú bǐng zhōng
刘秉忠

gān hé yè　sè cāng cāng　lǎo bǐng fēng yáo dàng
干荷叶，色苍苍，老柄风摇荡。
jiǎn qīng xiāng　yuè tiān huáng　dōu yīn zuó yè yī chǎng shuāng
减清香，越添黄，都因昨夜一场霜。
jì mò zài qiū jiāng shàng
寂寞在秋江上。

注释：①干荷叶：是以“干荷叶”起兴的民间小曲，又名《翠盘秋》。此曲属南吕宫，专作小令用。

5 干荷叶

gān hé yè

liú bǐng zhōng
刘秉忠

gān hé yè　sè wú duō　bù nài fēng shuāng cuò
干荷叶，色无多，不耐风霜剉[1]。
tiē qiū bō　dǎo zhī kē　gōng wá qí chàng cǎi lián gē
贴秋波，倒枝柯，宫娃齐唱采莲歌[2]。
mèng lǐ fán huá guò
梦里繁华过。

注释：①剉：摧折、折损。②宫娃：宫女。吴楚之间称美女为娃。

荷花图　明·王问

6 干荷叶

gān hé yè

liú bǐng zhōng
刘秉忠

nán gāo fēng běi gāo fēng cǎn dàn yān xiá dòng
南高峰，北高峰，惨淡烟霞洞[①]。

sòng gāo zōng yī chǎng kōng wú shān yī jiù jiǔ qí fēng
宋高宗[②]，一场空，吴山依旧酒旗风。

liǎng dù jiāng nán mèng
两度江南梦[③]。

注释：①**烟霞洞**：洞名，在南高峰下的烟霞岭上，为西湖最古的石洞之一。洞壁有五代、北宋造像。北高峰、南高峰在杭州西湖边。②**宋高宗**：南宋的第一个皇帝赵构，宋徽宗第九子。靖康二年（1127），金人攻下汴京，俘徽宗、钦宗二帝北去。赵构南逃到南京（今河南商丘），即位称帝；後又于杭州建都，世称南宋。③**两度江南梦**：指曾在杭州建都的五代吴越和南宋先後两个王朝的灭亡。

听琴图　宋·赵佶

7

zuì zhōng tiān yǒng dà hú dié

醉中天·咏大蝴蝶

wáng dǐng

王鼎

tán pò zhuāng zhōu mèng liǎng chì jià dōng fēng sān bǎi
zuò míng yuán yī cǎi yī gè kōng nán dào shì fēng liú niè zhǒng
xià shā xún fāng de mì fēng qīng qīng shān dòng bǎ mài huā
rén shān guò qiáo dōng

弹破庄周梦①，两翅驾东风。三百座名园一采一个空。难道是风流孽种②，吓杀寻芳的蜜蜂③。轻轻扇动，把卖花人扇过桥东④。

注释：①**庄周梦**：指《庄子·齐物论》中庄周梦中化为蝴蝶的寓言故事。②**风流孽种**：指爱拈花惹草的祸害女性的妖孽种、祸害种。③**吓杀**：吓坏。**寻芳**：即采蜜。④**“轻轻”二句**：化用宋谢无逸咏蝴蝶名句：“江天春暖晚风细，相逐卖花人过桥。”

庄周梦蝶 元·刘贯道

8 一半儿·题情

yī bàn ér tí qíng

王鼎（wáng dǐng）

鸦翎般水鬓似刀裁①，小颗颗芙蓉花额儿窄。待不梳妆怕娘左猜②。不免插金钗，一半儿鬅松一半儿歪③。

yā líng bān shuǐ bìn sì dāo cái, xiǎo kē kē fú róng huā é ér zhǎi. dài bù shū zhuāng pà niáng zuǒ cāi. bù miǎn chā jīn chāi, yī bàn ér péng sōng yī bàn ér wāi.

注释：①**鸦翎**：乌鸦的羽毛。形容鬓发乌黑。②**左猜**：猜测、起疑。③**鬅松**：形容头发松散。

9 一半儿·题情

yī bàn ér tí qíng

王鼎（wáng dǐng）

别来宽褪缕金衣①，粉悴烟憔减玉肌②。泪点儿只除衫袖知③。盼佳期，一半儿才干一半儿湿。

bié lái kuān tùn lǚ jīn yī, fěn cuì yān qiáo jiǎn yù jī. lèi diǎn ér zhǐ chú shān xiù zhī. pàn jiā qī, yī bàn ér cái gān yī bàn ér shī.

注释：①**褪**：衣装、服饰等穿着或套着的东西因宽松而脱出。**缕金衣**：用金线缝制的衣服。②**粉**：水粉。**烟**：胭脂。**粉悴烟憔**：即烟粉憔悴，指女子面容憔悴。③**除**：除非。

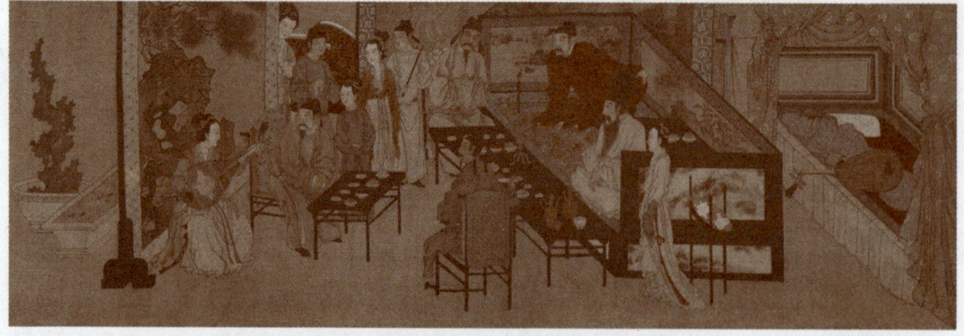

仿韩熙载夜宴图之听乐　明·唐寅

xiǎo táo hóng xī yuán qiū mù

10 小桃红·西园秋暮[1]

hé zhì xué

盍志学

yù zān jīn jú lù níng qiū niàng chū xī yuán xiù
玉簪金菊露凝秋[2]，酿出西园秀[3]。
yān liǔ xīn lái wèi shuí shòu chàng fēng liú zuì guī bù
烟柳新来为谁瘦[4]？畅风流[5]，醉归不
jì huáng hūn hòu xiǎo cáo xì jiǔ jǐn táng qíng zhòu pīn
记黄昏後。小槽细酒[6]，锦堂晴昼，拚
què zài fú tóu
却再扶头[7]。

注释：①**小桃红**：越调。作者以此曲牌写组曲《临川八景》共八首，本篇《西园秋暮》与下面的《江岸水灯》、《客船夜期》均是其中的作品。②**玉簪**：草名，状如玉簪，秋季开白花，有芳香。③**酿**：酝酿，渐渐形成。④**烟柳**：指柳絮纷飞，远看如烟的柳树。⑤**畅**：真，真是；正。⑥**小槽**：古时制酒器的一个部件，酒由此缓缓流出。**细酒**：精制的佳酿。⑦**拚**：舍弃不顾。**扶头**：指扶头酒，容易使人醉的酒。此处含“再醉一场”之意。

西园雅集图　明·陈洪绶

11 小桃红·江岸水灯

xiǎo táo hóng jiāng àn shuǐ dēng

hé zhì xué
盍志学

wàn jiā dēng huǒ nào chūn qiáo shí lǐ guāng xiāng zhào
万家灯火闹春桥，十里光相照。
wǔ fèng xiáng luán shì jué miào kě lián xiāo bō jiān yǒng
舞凤翔鸾势绝妙①。可怜宵②，波间涌
chū péng lái dǎo xiāng yān luàn piāo shēng gē xuān nào fēi
出蓬莱岛③。香烟乱飘，笙歌喧闹，飞
shàng yù lóu yāo
上玉楼腰④。

注释：①**舞凤翔鸾**：形容凤灯鸾灯翻飘飞舞的情景。凤指凤凰形的灯，鸾指鸾鸟形的灯。②**可怜**：即可爱。③**蓬莱岛**：传说中的海上仙山。此处比喻灯船夜景如仙境般美妙壮观。④**玉楼**：传说天上仙人的居所。**腰**：指中部。

月曼清游图之三　清·陈枚

12 小桃红·客船夜期[1]

xiǎo táo hóng kè chuán yè qī

hé zhì xué
盍志学

lǜ yún rǎn rǎn suǒ qīng wān xiāng chè dōng xī àn guān kè jīn nián jiǔ fēn bàn sī zhuī pān dù tóu mǎi dé xīn yú yàn bēi pán bù gān huān xīn wú xiàn wàng le dà jiā nán

绿云冉冉锁清湾[2]，香彻东西岸。官课今年九分办[3]。厮追攀[4]，渡头买得新鱼雁。杯盘不干，欢欣无限，忘了大家难。

注释：①**期**：邀约聚会。②**绿云**：碧云。此指暮霭或燃点的香火青烟汇成的如云烟团。**冉冉**：缓缓飘动貌。**锁**：笼罩、封锁。③**官课**：旧指官家征收的赋税。**九分办**：免去一分赋税，按九成办理征收。④**厮追攀**：相互邀约。

13 小桃红·杂咏

xiǎo táo hóng zá yǒng

hé zhì xué
盍志学

xìng huā kāi hòu bù céng qíng bài jìn yóu rén xìng hóng xuě fēi lái mǎn fāng jìng wèn chūn yīng chūn yīng wú yǔ fēng fāng dìng xiǎo mán yǒu qíng yè liáng rén jìng chàng chè zuì wēng tíng

杏花开後不曾晴，败尽游人兴。红雪飞来满芳径[1]。问春莺，春莺无语风方定。小蛮有情[2]，夜凉人静，唱彻醉翁亭[3]。

注释：①**红雪**：比喻红杏花瓣纷落似雪。②**小蛮**：原指白居易的侍女，她善舞。此借指歌姬。③**醉翁亭**：宋欧阳修谪守滁州时，曾游宴于瑯琊山，山有亭，欧阳修名之为醉翁亭。并作《醉翁亭记》。太常博士沈遵为作琴曲《醉翁吟》。

四季仕女图之冬景　明·仇英

元曲三百首

14 沉醉东风①

chén zuì dōng fēng

guān hàn qīng
关汉卿

bàn yè yuè yín zhēng fèng xián nuǎn dōng fēng xiù bèi cháng
伴夜月银筝凤闲②，暖东风绣被常
qiān xìn chén le yú shū jué le yàn pàn diāo ān
悭③。信沉了鱼，书绝了雁④，盼雕鞍
wàn shuǐ qiān shān běn lì duì xiāng sī ruò bù huán zé
万水千山⑤。本利对相思若不还⑥，则
gào yǔ nà néng suǒ zhài chóu méi lèi yǎn
告与那能索债愁眉泪眼⑦。

注释：①**沉醉东风**：双调曲牌。②**凤**：凤箫。**闲**：空闲。③**悭**：少。④**“信沉”二句**：古有藏信鱼腹、系书雁足，借以传递书信的方式。鱼沉、雁绝，指书信断绝。⑤**雕鞍**：装饰华美的马鞍。此处指代远行在外的情人。⑥**本利**：元代有一种高利贷名为“羊羔息”，本利相同，到期不还本利翻倍。此比喻久别後相思倍增。⑦**索债**：讨还相思债。

15 碧玉箫①

bì yù xiāo

guān hàn qīng
关汉卿

pàn duàn guī qī huá sǔn duǎn jīn bì yī nuò yāo
盼断归期，划损短金篦②。一搦腰
wéi kuān tùn sù luó yī zhī tā shì shèn bìng jí
围③，宽褪素罗衣④。知他是甚病疾？
hǎo jiào rén méi lǐ huì jiǎn kǒu ér shí dǒu rèn de wú
好教人没理会⑤。拣口儿食，陡恁的无
zī wèi yī yuè rèn de nán tiáo lǐ
滋味⑥！医，越恁的难调理⑦。

注释：①**碧玉箫**：曲牌名，属双调。②**篦**：梳头用具。划损短金篦，是说用篦梳划线计算离别时间，结果篦梳都磨短了，言离别时间之久。③**一搦**：一握，形容腰围瘦削。④**宽褪**：宽松。以衣裳宽松反衬身体消瘦。⑤**没理会**：不明白。⑥**陡**：突然。**恁的**：如此、这样。⑦**越**：越发、更加。

16 大德歌[①]·秋

dà dé gē qiū

关汉卿

guān hàn qīng

fēng piāo piāo　yǔ xiāo xiāo　biàn zuò chén tuán yě shuì bù

风飘飘，雨潇潇，便做陈抟也睡不

zháo　ào nǎo shāng huái bào　pū sù sù lèi diǎn pāo　qiū chán

着[②]。懊恼伤怀抱，扑簌簌泪点抛。秋蝉

ér zào bà hán qióng ér jiào　xī líng líng xì yǔ dǎ bā jiāo

儿噪罢寒蛩儿叫[③]，淅零零细雨打芭蕉。

注释：①**大德歌**：双调曲牌。关汉卿共作十首《大德歌》，其中有以春、夏、秋、冬四季为背景的《闺怨》四首。本曲为写秋的一首。②**便做**：即便是。**陈抟**：五代末、北宋初著名道士。字图南，号扶摇子，亳州真源（今河南鹿邑）人，曾在华山修道，经常酣睡百日不醒。③**蛩**：蟋蟀。

蕉阴读书图　清·吕彤

元曲三百首

17 四块玉①·闲适

sì kuài yù xián shì

guān hàn qīng
关汉卿

jiù jiǔ méi xīn pēi pō lǎo wǎ pén biān xiào hē
旧酒没，新醅泼②，老瓦盆边笑呵
hē gòng shān sēng yě sǒu xián yín hè tā chū yī duì
呵。共山僧野叟闲吟和③。他出一对
jī wǒ chū yī gè é xián kuài huó
鸡，我出一个鹅，闲快活。

注释：①**四块玉**：南吕宫。作者以此曲牌写“闲适”曲四首。这两首为第二、第四首。②**醅**：未过滤的酒。此处指新酒。**泼**：倾倒。此指斟酒。③**和**：唱和。

18 四块玉·闲适

sì kuài yù xián shì

guān hàn qīng
关汉卿

nán mǔ gēng dōng shān wò shì tài rén qíng jīng
南亩耕①，东山卧②，世态人情经
lì duō xián jiāng wǎng shì sī liáng guò xián de shì tā
历多。闲将往事思量过。贤的是他，
yú de shì wǒ zhēng shèn me
愚的是我，争甚么！

注释：①**南亩**：泛指农田。语本《诗经·小雅·大田》：“俶载南亩，播厥百穀。”南亩耕，似暗用诸葛亮躬耕南阳之事以表隐居之意。②**东山卧**：以晋代名士谢安隐居东山（今浙江省上虞县西南）的典故表隐居之意。

东山丝竹图·杨柳青年画

19

四块玉·别情

关汉卿

自送别，心难舍，一点相思几时绝？凭栏袖拂杨花雪①。溪又斜，山又遮，人去也！

注释：①**凭栏**：靠着栏杆。**杨花雪**：形容柳絮飘飞似雪。化用苏轼《少年游》："去年相送，馀杭门外，飞雪似杨花。今年春尽，杨花似雪，犹不见还家。"

人物故事图之闲捉柳花　明·仇英

20

小桃红[1]

xiǎo táo hóng

王恽

wáng yùn

cǎi líng rén yǔ gé qiū yān　bō jìng rú héng liàn

采菱人语隔秋烟，波静如横练[2]。

rù shǒu fēng guāng mò liú zhuǎn　gòng liú lián　huà chuán yī xiào

入手风光莫流转[3]。共留连，画船一笑

chūn fēng miàn　jiāng shān xìn měi　zhōng fēi wú tǔ　hé

春风面[4]。江山信美，终非吾土[5]，何

rì shì guī nián

日是归年？

注释：①**小桃红**：又名《平湖乐》。作者任平阳路总管时作，共十首，此为第五首。②**横练**：形容波光如同横陈的白绢。③**入手**：到手。**流转**：流逝。④**春风面**：形容女子美丽的容颜，化用唐杜甫《咏怀古迹五首》之三："画图省识春风面。"⑤"**江山**"**二句**：化用汉末王粲《登楼赋》中"虽信美而非吾土兮，曾何足以少留"句意。信，确实。

采菱图　明·仇英

qìng dōng yuán

21 庆东原①

bái pǔ

白朴

wàng yōu cǎo hán xiào huā quàn jūn wén zǎo guān yí

忘忧草，含笑花②，劝君闻早冠宜

guà nǎ lǐ yě néng yán lù jiǎ nǎ lǐ yě liáng móu

挂③。那里也能言陆贾④，那里也良谋

zǐ yá nǎ lǐ yě háo qì zhāng huá qiān gǔ shì fēi

子牙⑤，那里也豪气张华⑥？千古是非

xīn yī xī yú qiáo huà

心，一夕渔樵话⑦。

注释：①**庆东原**：曲牌名，又名郓城春，属双调。②**忘忧草**：即萱草。传说可以使人忘忧。**含笑花**：木本植物，初夏开花花如兰，开时不满，似含笑。③**闻早**：趁早、赶早。**冠宜挂**：宜挂官，即辞官。④**能言陆贾**：陆贾为汉高祖刘邦的谋士，有辩才，从刘邦平定天下。⑤**良谋子牙**：指足智多谋的姜子牙，辅佐周文王、周武王灭商，建立周朝，封于齐。⑥**张华**：字茂先，西晋著名文学家。曾作《鹪鹩赋》抒写豪情壮志。⑦**渔樵话**：渔人、樵夫所说的闲话。

渔樵耕读图·杨柳青年画

22 驻马听①·舞

zhù mǎ tīng wǔ

白朴

bái pǔ

fèng jì pán kōng niǎo nuó yāo zhī wēn gèng róu
凤髻盘空②，袅娜腰肢温更柔③。

qīng yí lián bù hàn gōng fēi yàn jiù fēng liú màn cuī
轻移莲步④，汉宫飞燕旧风流⑤。谩催

tuó gǔ pǐn liáng zhōu zhè gū fēi qǐ chūn luó xiù jǐn
鼍鼓品梁州⑥。鹧鸪飞起春罗袖⑦，锦

chán tóu liú láng cuò rèn fēng qián liǔ
缠头⑧，刘郎错认风前柳⑨。

注释：①**驻马听**：双调曲牌，本篇是作者用同一曲牌，分别以“吹、弹、歌、舞”题写的组曲的第四首。②**凤髻**：女子头上所梳状如凤形的发髻。③**袅娜**：形容体态细长柔美。④**莲步**：美女的脚步。南齐东昏侯凿金莲花贴地，让潘妃行其上，称“步步生莲花”。⑤**汉宫飞燕**：汉成帝皇后赵飞燕体态轻盈，传说能立于宫人所托水晶盘上起舞。⑥**谩催**：随意催。**鼍鼓**：用鼍（即扬子鳄）皮蒙制的鼓。**品梁州**：演奏《梁州》或《凉州》舞曲。⑦**“鹧鸪”句**：指绣着鹧鸪的春罗衣袖随舞女起舞上下翻飞。⑧**锦缠头**：古代歌舞艺人表演完毕，客以罗锦为赠，称“缠头”。後作为赠送妓女财物的通称。⑨**刘郎**：通常指东汉时入天台山遇仙女的刘晨。後世常以刘郎代称某些解风情、有艳遇的男子。

千秋绝艳图之赵飞燕　明·佚名

23

jì shēng cǎo yǐn
寄生草①·饮

bái pǔ
白朴

cháng zuì hòu fāng hé ài　bù xǐng shí yǒu shèn sī
长醉後方何碍②，不醒时有甚思③？
zāo yān liǎng gè gōng míng zì　pēi yān qiān gǔ xīng wáng shì
糟腌两个功名字④，醅淹千古兴亡事⑤，
qū mái wàn zhàng hóng ní zhì　bù dá shí jiē xiào qū yuán fēi
麯埋万丈虹霓志⑥。不达时皆笑屈原非⑦，
dàn zhī yīn jìn shuō táo qián shì
但知音尽说陶潜是⑧。

注释：①**寄生草**：北曲仙吕宫曲牌。②**方**：将。③**有甚思**：还有什么可以思念的？④**糟腌**：用酒糟腌渍。⑤**醅**：未滤过的酒。⑥**麯**：酒麯，指酒。**虹霓志**：气贯长虹的壮志。⑦**不达时**：指不识时务者。⑧**陶潜**：即东晋诗人陶渊明。

屈原像　明·朱约佶

24

沉醉东风[①]·渔夫

白朴

黄芦岸白蘋渡口，绿杨堤红蓼滩头。虽无刎颈交[②]，却有忘机友[③]。点秋江白鹭沙鸥。傲杀人间万户侯[④]，不识字烟波钓叟[⑤]。

注释：①沉醉东风：双调曲牌。②刎颈交：即生死之交，指同生死共患难的朋友。③忘机友：没有巧诈之心的朋友。④傲：轻视，蔑视。杀：表程度的副词，“极其”之意。万户侯：食邑满万户的侯爵。汉时分封诸侯，最大的侯爵食邑万户。後以万户侯指代高官显达。⑤烟波：雾气弥漫的水面。烟波钓叟：通常作“烟波钓徒”。唐诗人张志和，有“渔父”词五首负有盛名。自称烟波钓徒，後隐居江湖，元散曲中常用其故事或化用其诗句来写隐居。

秋江晚棹图　清·禹之鼎

25 醉中天[①]·佳人脸上黑痣

白朴

疑是杨妃在[②]，怎脱马嵬灾[③]？曾与明皇捧砚来[④]，美脸风流杀。叵奈挥毫李白[⑤]，觑着娇态[⑥]，洒松烟点破桃腮[⑦]。

注释：①**醉中天**：仙吕宫曲牌。②**杨妃**：唐玄宗李隆基之宠妃杨玉环。③**马嵬灾**：即安史之乱。安史之乱时，玄宗出逃四川，行至马嵬坡（今陕西兴平县西），六军请杀奸相杨国忠，杨玉环也被迫缢死。④**曾与明皇捧砚来**：传说唐玄宗曾召李白作诗，李白酒醉後，命高力士为其脱靴、杨贵妃为其捧砚。⑤**叵奈**：可恨，不可忍耐。⑥**觑**：看。⑦**松烟**：指墨。古代用松木所烧的烟灰制墨。

人物故事图之贵妃晓妆 明·仇英

26 一半儿[1]·题情

yī bàn ér tí qíng

白朴

bái pǔ

yún huán wù bìn shèng duī yā　qiǎn lù jīn lián sù jiàng

云鬟雾鬓胜堆鸦[2]，浅露金莲簌绛

shā　bù bǐ děng xián qiáng wài huā　mà nǐ gè qiào yuān

纱[3]，不比等闲墙外花[4]。骂你个俏冤

jiā　yī bàn ér nán dāng yī bàn ér shuǎ

家[5]，一半儿难当一半儿耍[6]。

注释：①**一半儿**：曲牌名，又名《忆王孙》。②**云鬟雾鬓**：形容女子的头发浓密有致。**堆鸦**：形容女子发鬟乌黑有光泽。③**簌**：走路时衣裙发出细微的声响。**绛纱**：深红色的纱裙。④**等闲**：平常、寻常。⑤**俏冤家**：对所爱的人的昵称。⑥**难当**：元代俗语，赌气。

月曼清游图之四　清·陈枚

chén zuì dōng fēng
沉醉东风

hú zhī yù
胡祗遹

yú dé yú xīn mǎn yuàn zú qiáo dé qiáo yǎn xiào méi
渔得鱼心满愿足，樵得樵眼笑眉

shū yī gè bà le diào gān yī gè shōu le jīn fǔ
舒①。一个罢了钓竿，一个收了斤斧②，

lín quán xià ǒu rán xiāng yù shì liǎng gè bù shí zì yú qiáo
林泉下偶然相遇。是两个不识字渔樵

shì dà fū tā liǎng gè xiào jiā jiā de tán jīn lùn gǔ
士大夫③，他两个笑加加的谈今论古④。

注释：①**樵得樵：**意为樵夫砍到木柴。前“樵”指樵夫，後“樵”指木柴。②**斤：**斧头。③**不识字渔樵士大夫：**赞美渔樵虽不识字，却有士大夫难得的淡泊襟怀。④**笑加加：**即笑哈哈。

渔樵问答图　元·盛懋

28

山坡羊[1]·春睡

王实甫

云松螺髻[2]，香温鸳被，掩春闺一觉伤春睡。柳花飞，小琼姬[3]，一片声雪下呈祥瑞，把团圆梦儿生唤起[4]。谁，不做美？呸，却是你！

注释：①山坡羊：中吕宫曲牌。②云松螺髻：形容女子乌云般的螺形发髻在睡卧中松散开了。③小琼姬：小丫环。④生唤起：硬唤起。

月曼清游图之五　清·陈枚

29 十二月过尧民歌[1]·别情

王实甫

自别後遥山隐隐，更那堪远水粼粼。见杨柳飞绵滚滚[2]，对桃花醉脸醺醺。透内阁香风阵阵，掩重门暮雨纷纷[3]。

怕黄昏忽地又黄昏，不销魂怎地不销魂[4]！新啼痕压旧啼痕，断肠人忆断肠人。今春，香肌瘦几分，搂带宽三寸[5]。

注释：①十二月过尧民歌：这是一首带过曲，属于小令的变体。散曲作者写完一曲之後，意犹未尽，还可以把宫调相同而音律恰能衔接的两三个曲调连结起来写（最多只能填三调），称之为“带过曲”，或称“合调”。元人使用的带过曲调式约有三四十种，最常见的有：[正宫]《脱布衫》过《小梁州》，[中吕]《醉高歌》过《红绣鞋》，《十二月》过《尧民歌》，[南吕]《骂玉郎》过《感皇恩》、《采茶歌》，[双调]《雁儿落》过《得胜令》等。这首带过曲的两个曲调都不能单独用作小令。②飞绵：飘飞的杨花柳絮。③重门：庭院深处的门。④销魂：为情所感，仿佛魂魄离体。形容极度的悲愁和快乐。⑤搂带：裙带。

仿韩熙载夜宴图之观舞　明·唐寅

30

xǐ chūn lái

喜春来[1]

bó yán

伯颜

jīn yú yù dài luó lán kòu　zào gài zhū fān liè wǔ

金鱼玉带罗襕扣[2]，皂盖朱幡列五

hóu　shān hé pàn duàn zài ǎn bǐ jiān tóu　dé yì qiū

侯[3]，山河判断在俺笔尖头[4]。得意秋[5]，

fēn pò dì wáng yōu

分破帝王忧[6]。

注释：①**喜春来**：曲牌名，又名《阳春曲》。②**金鱼**：古代三品或四品以上官员佩饰的金鱼符。**玉带**：用玉装饰的腰带。**罗襕**：罗袍，用紫色丝罗制的官服。唐制三品以上可穿紫罗袍，佩饰金鱼符和玉带。③**皂盖**：黑色的车盖。**朱幡**：红色的旗帜。**五侯**：公、侯、伯、子、男五等诸侯爵位，元朝无封侯制度，这里泛指权贵之家。④**判断**：此处指鉴赏，评定。⑤**得意**：称心，满意。⑥**分破**：分解。

人物故事图之竹林品古　明·仇英

31

喜春来

张弘范

金妆宝剑藏龙口[①]，玉带红绒挂虎头[②]，绿杨影里骤骅骝[③]。得志秋，名满凤凰楼[④]。

注释：①金妆宝剑：用黄金作装饰的宝剑。龙口：有龙形纹饰的剑鞘。②虎头：指虎头金牌。元代皇帝所颁，执此金牌可便宜行事。③骤骅骝：骑骏马疾驰。骤：马奔跑。骅骝：骏马。④凤凰楼：指宫中楼阁。此指皇宫所在的京城。

人物故事图之吹箫引凤　明·仇英

32

天净沙

严忠济

宁可少活十年，休得一日无权。大丈夫时乖命蹇[①]。有朝一日天随人愿，赛田文养客三千[②]。

注释：①时乖命蹇：时运不顺，命运不好，时机不佳。乖，相背，不合。蹇，不顺利。
②田文：号孟尝君，战国时齐国贵族，以好客著称。为招致天下贤士，门下有食客数千人。

人物故事图之信陵君夷门访贤　清·吴历

33 凭栏人·寄征衣[1]

姚燧

欲寄君衣君不还，不寄君衣君又寒。寄与不寄间，妾身千万难[2]。

注释：①**征衣**：远行在外者的衣服。②**妾身**：古代女子谦称。

34 阳春曲

姚燧

笔头风月时时过[1]，眼底儿曹渐渐多[2]。有人问我事如何[3]？人海阔[4]，无日不风波[5]。

注释：①**笔头风月**：笔头描绘的清风明月。②**儿曹**：儿孙们，指晚一辈的青年。③**事**：指官场之事，亦兼指立身处世。④**人海**：指人世，人类社会。⑤**风波**：喻人事纠纷和仕途的艰险。无日不风波，意谓没有哪一天不出现这样或那样的风波。

捣衣图之装箧远寄　宋·牟益

35 节节高[1]·题洞庭鹿角庙壁[2]

卢挚

雨晴云散，满江明月。风微浪息，扁舟一叶。半夜心[3]，三生梦[4]，万里别。闷倚篷窗睡些[5]。

注释：①**节节高**：黄钟宫曲牌。句式：四四、四四、三三三六。②**鹿角**：镇名。在今湖南岳阳南洞庭湖滨鹿角镇。③**半夜心**：夜深不眠时生起的离愁别恨。④**三生**：佛家指前生、今生和来生为三生。过去诗文中常借“三生石”的典故比喻宿缘。⑤**篷窗**：船篷上的窗户。**些**：少许、一会儿。

36 金字经·宿邯郸驿

卢挚

梦中邯郸道[1]，又来走这遭。须不是山人索价高[2]。时自嘲，虚名无处逃。谁惊觉，晓霜侵鬓毛[3]。

注释：①**梦中邯郸道**：据唐代沈既济《枕中记》记载，少年卢生，旅宿在邯郸途中，自叹仕途困顿，遇一吕道长，给他一个枕头，说枕着它即可荣华富贵。卢生倚枕入梦，梦中享尽荣华富贵。一觉醒来，主人为他煮的黄粱米饭尚未煮熟，故又称“黄粱梦”。比喻富贵终归是虚幻。②**须**：本、本来。**山人**：指隐士。③**晓霜**：喻白发。

殿前欢[1]

diàn qián huān

卢挚

lú zhì

酒杯浓，一葫芦春色醉疏翁[2]，一葫芦酒压花梢重。随我奚童[3]，葫芦干，兴不穷。谁人共？一带青山送。乘风列子[4]，列子乘风。

jiǔ bēi nóng，yī hú lú chūn sè zuì shū wēng，yī hú lú jiǔ yā huā shāo zhòng。suí wǒ xī tóng，hú lú gān，xìng bù qióng。shuí rén gòng？yī dài qīng shān sòng。chéng fēng liè zǐ，liè zǐ chéng fēng。

注释：①**殿前欢**：双调曲牌，又名《燕引雏》、《风引雏》、《小妇孩儿》。句式：三三七、四五三五、四四。②**春色**：此处指酒。宋代安定君王以黄柑酿酒，称之为"洞庭春色"。**疏翁**：为作者自称，因作者自号疏斋，故自称疏翁。另本作"山翁"，则指山简，字季伦。晋时镇守襄阳，好酒，常出游，并常醉酒而归。李白有诗句"笑杀山翁醉似泥"，即是咏山简嗜酒事。③**奚童**：书童，小仆人。"奚"是古代奴仆的称呼。④**列子**：即列御寇，战国时郑人。《庄子·逍遥游》称其能"御风而行"。

蕉林酌酒图　明·陈洪绶

元曲三百首

38

落梅风·别珠帘秀[1]

luò méi fēng bié zhū lián xiù

卢挚（lú zhì）

才欢悦，早间别[2]，痛煞俺好难割舍。画船儿载将春去也[3]！空留下半江明月。

cái huān yuè, zǎo jiàn bié, tòng shà ǎn hǎo nán gē shě. huà chuán ér zài jiāng chūn qù yě! kōng liú xià bàn jiāng míng yuè.

注释：①珠帘秀：元代著名歌妓，与作者有深交。②早：已经。间别：分别。③春：春色。此处比喻珠帘秀。

人物故事图之浔阳送别　明·仇英

39

hēi qī nǔ

黑漆弩

lú zhì

卢挚

wǎn bó cǎi shí jī　gē tián bù fá　hēi qī nǔ　yīn cì qí yùn　jì jiǎng cháng qīng
qiān sī　liú wú hú jù chuān

晚泊采石矶①，歌田不伐《黑漆弩》②，因次其韵③，寄蒋长卿佥司、刘芜湖巨川④。

hú nán cháng yì sōng nán zhù，zhǐ pà shī yuē le cháo
湖南长忆嵩南住，只怕失约了巢
fǔ　yǐ guī zhōu huàn xǐng hú guāng　tīng wǒ péng chuāng chūn
父⑤。舣归舟唤醒湖光⑥，听我篷窗春
yǔ　gù rén qīng dào jīn qī　wǒ yì zài chóu dōng qù
雨。故人倾倒襟期⑦，我亦载愁东去。
jì zhāo lái àn bié jiāng bīn　yòu mǐ zhào é méi wǎn chù
记朝来黯别江滨⑧，又弭棹蛾眉晚处⑨。

注释：①**采石矶**：原名牛渚矶，在今安徽当涂县牛渚山北，突出于长江中。②**田不伐**：即田为，宋徽宗时任大晟府乐令。③**次其韵**：按要和的原诗的韵和韵序作诗。④**蒋长卿**：此人不详。**佥司**：为蒋长卿的官称。佥司为总管文牍的幕僚。**刘芜湖巨川**：芜湖为刘巨川所任职地的地名。⑤**巢父**：古传说唐尧时代的隐士。尧让天下给他，拒而不受。⑥**舣**：作动词用，使船靠岸。⑦**襟期**：襟怀、抱负、志愿。⑧**黯别**：黯然伤心沮丧地告别。⑨**弭棹**：停船。弭，此处为停止意。**蛾眉**：指新月。

山阁归舟图　清·樊圻

40 沉醉东风·秋景

chén zuì dōng fēng qiū jǐng

lú zhì
卢挚

guà jué bì sōng kū dào yǐ luò cán xiá gū wù qí fēi
挂绝壁松枯倒倚[①]，落残霞孤鹜齐飞[②]。

sì wéi bù jìn shān yī wàng wú qióng shuǐ sàn xī fēng mǎn tiān qiū yì
四围不尽山，一望无穷水，散西风满天秋意。

yè jìng yún fān yuè yǐng dī zài wǒ zài xiāo xiāng huà lǐ
夜静云帆月影低，载我在潇湘画里[③]。

注释：①**“挂绝壁”句：**化用李白《蜀道难》“枯松倒挂倚绝壁”句。②**“落残霞”句：**化用王勃《滕王阁序》中的名句：“落霞与孤鹜齐飞。”**鹜：**野鸭。③**潇湘画：**潇湘，湖南境内两条河流。宋代画家宋迪绘有《潇湘八景图》平远山水组画。此用其意。

41 沉醉东风·闲居

chén zuì dōng fēng xián jū

lú zhì
卢挚

qià lí le lǜ shuǐ qīng shān nà dā zǎo lái dào zhú lí máo shè rén jiā
恰离了绿水青山那搭[①]，早来到竹篱茅舍人家[②]。

yě huā lù pàn kāi cūn jiǔ cáo tóu zhà zhí chī de qiàn qiàn dá dá
野花路畔开，村酒槽头榨[③]，直吃的欠欠答答[④]。

zuì le shān tóng bù quàn zán bái fà shàng huáng huā luàn chā
醉了山童不劝咱，白发上黄花乱插[⑤]。

注释：①**恰：**刚刚，才。**那搭：**那边，那块。②**早来到：**已经来到。③**槽：**酿酒器具。④**欠欠答答：**迷迷糊糊，疯疯癫癫，痴痴呆呆。⑤**黄花：**菊花。此句化用唐杜牧《九日齐山登高》诗句：“尘世难逢开口笑，菊花须插满头归。”

沉醉东风·重九[1]

chén zuì dōng fēng chóng jiǔ

42

卢挚（lú zhì）

tí hóng yè qīng liú yù gōu shǎng huáng huā rén zuì gē lóu tiān cháng yàn yǐng xī yuè luò shān róng shòu lěng qīng qīng mù qiū shí hòu shuāi liǔ hán chán yī piàn chóu shuí kěn jiào bái yī sòng jiǔ

题红叶清流御沟[2]，赏黄花人醉歌楼。天长雁影稀，月落山容瘦，冷清清暮秋时候。衰柳寒蝉一片愁，谁肯教白衣送酒[3]？

注释：①**重九**：即农历九月初九重阳节。②**红叶**：化用唐代红叶题诗配佳偶的传说。大意是某宫女题诗在红叶上，投入御沟随水流出宫外，被某士子拾得，後巧结良缘。③**白衣送酒**：据南朝宋·檀道鸾《续晋阳秋》：陶潜重九之日，在宅边菊丛赏菊，无酒，正好江州刺史王弘派僮仆（白衣人）前来送酒，陶渊明当即酌饮，醉而归。白衣，古代官府衙役小吏着白衣。

东篱赏菊图 明·唐寅

元曲三百首

luò méi fēng dá lú shū zhāi

43 落梅风·答卢疏斋[①]

zhū lián xiù

珠帘秀

shān wú shù yān wàn lǚ qiáo cuì shà yù táng rén

山无数，烟万缕，憔悴煞玉堂人

wù yǐ péng chuāng yī shēn ér huó shòu kǔ hèn bù dé suí

物[②]。倚篷窗一身儿活受苦，恨不得随

dà jiāng dōng qù

大江东去！

注释：①**卢疏斋**：疏斋为卢挚号。卢有《落梅风·别珠帘秀》一曲（见前）。②**玉堂**：宫中殿堂。後来人称翰林院为玉堂。卢挚曾任集贤学士大中大夫，又任翰林学士，故称其为玉堂人物。

赤壁图　明·杨　晋

hēi qī nǔ cūn jū qiǎn xìng

44 黑漆弩[①]·村居遣兴

liú mǐn zhōng
刘敏中

gāo jīn kuò lǐng shēn cūn zhù bù shí wǒ huàn zuò cāng
高巾阔领深村住[②]，不识我唤作伧
fǔ yǎn bái shā cuì zhú chái mén tīng chè qiū lái yè
父[③]。掩白沙翠竹柴门，听彻秋来夜
yǔ xián jiāng dé shī sī liáng wǎng shì shuǐ liú dōng qù
雨。闲将得失思量，往事水流东去。
biàn zhí jiào huà què líng yān shèn shì gōng míng liǎo chù
便直教画却凌烟[④]，甚是功名了处[⑤]？

注释：①**黑漆弩**：又名鹦鹉曲。分前後二片，定格句式：前片七七、七六，後片七六、七七。②**高巾阔领**：指平居便服。巾，头巾。古代平民戴的一种便帽。阔领，指阔领衣衫。**深村**：僻远的乡村。③**伧父**：也作“伧夫”。犹言鄙夫、野人，粗俗鄙陋的人。陆游《老学庵笔记》：“南朝谓北人曰伧父。”④**便直教**：即使把。**画却凌烟**：指将肖像画到凌烟阁上。凌烟，即凌烟阁。唐太宗为表彰二十四位功臣的功绩，将二十四位功臣的像画在凌烟阁上。⑤**甚是**：果真是。**了处**：了却处、结束处。

hēi qī nǔ cūn jū qiǎn xìng

45 黑漆弩·村居遣兴

liú mǐn zhōng
刘敏中

wú lú qià jìn jiāng ōu zhù gèng jǐ gè hào shì nóng
吾庐恰近江鸥住，更几个好事农
fǔ duì qīng shān zhěn shàng shī chéng yī zhèn shā tóu fēng yǔ
父。对青山枕上诗成，一阵沙头风雨[①]。
jiǔ qí zhǐ gé héng táng zì guò xiǎo qiáo gū qù jìn shū
酒旗只隔横塘，自过小桥沽去。尽疏
kuáng bù pà rén xián shì wǒ shēng píng xǐ chù
狂不怕人嫌[②]，是我生平喜处。

注释：①**沙头**：沙滩。②**疏狂**：粗疏狂放，潇洒不羁，不为世俗所拘束。

46

山坡羊·叹世

陈草庵

晨鸡初叫，昏鸦争噪。那个不去红尘闹[1]？路迢迢，水迢迢[2]，功名尽在长安道[3]。今日少年明日老。山，依旧好；人，憔悴了。

注释：①**红尘**：佛家称人世间为红尘。本指尘埃，後喻指俗世和热闹繁华地，亦比喻名利场。②**迢迢**：比喻路途遥远。③**长安**：汉唐都城，借指京城。

山村图　明·李在

47

shān pō yáng tàn shì

山坡羊·叹世

chén cǎo ān

陈草庵

yuān míng tú zuì chén tuán tān shuì cǐ shí rén bù

渊明图醉[①]，陈抟贪睡，此时人不

jiě dāng shí yì zhì xiāng wéi shì nán suí yóu tā zuì

解当时意。志相违，事难随，由他醉

zhě yóu tā shuì jīn zhāo shì jié fēi zuó rì xián yě

者由他睡。今朝世杰非昨日[②]。贤，也

rèn nǐ yú yě rèn nǐ

任你；愚，也任你。

注释：①图：贪图。②世杰：当世之英杰。

西华山陈抟高卧　古版画·《元曲选》

48 太常引①

奥敦周卿

西湖烟水茫茫，百顷风潭，十里荷香。宜雨宜晴，宜西施淡抹浓妆②。尾尾相衔画舫，尽欢声无日不笙簧③。春暖花香，岁稔时康④。真乃上有天堂，下有苏杭。

注释：①**太常引**：本曲牌，《金元散曲》作《双调·蟾宫曲》。蟾宫曲句式一般为：六四四、四四四、七七、四四四。其中第五、六两个四字句，可合并为上三下四的七字句。②**"宜雨宜晴"二句**：化用苏轼《饮湖上初晴後雨》"欲把西湖比西子，淡妆浓抹总相宜"诗句意。③**笙簧**：本指有弹片的管乐器，这里泛指演奏器乐或乐声。④**稔**：庄稼成熟，此指丰收。

西湖纪胜图之柳洲亭　明·孙枝

shuǐ xiān zǐ hè lú shū zhāi xī hú

49 水仙子[①]·和卢疏斋西湖[②]

mǎ zhì yuǎn

马致远

chūn fēng jiāo mǎ wǔ líng ér nuǎn rì xī hú sān yuè

春风骄马五陵儿[③]，暖日西湖三月

shí guǎn xián chù shuǐ yīng huā shì bù zhī yīn bù dào

时，管弦触水莺花市[④]，不知音不到

cǐ yí gē yí jiǔ yí shī shān guò yǔ pín méi dài

此。宜歌宜酒宜诗。山过雨颦眉黛[⑤]，

liǔ tuō yān duī bìn sī kě xǐ shā shuì zú de xī shī

柳拖烟堆鬓丝[⑥]，可喜杀睡足的西施！

注释：①**水仙子：**双调曲牌，又名《湘妃怨》、《凌波曲》、《凌波仙》。②**和卢疏斋西湖：**此首为马致远和卢疏斋《西湖四时渔歌》之曲，所写为西湖春景，按约定，首次句分别以“儿”、“时”押韵，末句以“西施”断章。卢疏斋，名挚，元曲家。③**五陵：**今西安郊外汉朝皇帝的五座陵墓，即长陵、安陵、阳陵、茂陵、平陵。立陵时曾搬迁豪富至此。故五陵儿代指豪贵子弟。④**管弦：**管乐器和弦乐器，泛指音乐。**莺花：**泛指春景。该句大意为乐声贴着水面传播到鸟语花香、春意盎然的地方。⑤**山过雨颦眉黛：**形容雨後春山如西施皱眉般妩媚动人。相传西施害心痛病时，皱眉捧心，却妩媚动人。颦，皱眉。⑥**柳拖烟堆鬓丝：**形容堤岸上的垂柳远看如烟如雾，好像美人蓬松的鬓发一样柔美。

西湖纪胜图之高丽寺　明·孙枝

50

bō bù duàn

拨不断①

mǎ zhì yuǎn

马致远

tàn hán rú màn dú shū dú shū xū suǒ tí qiáo

叹寒儒，谩读书②。读书须索题桥

zhù tí zhù suī chéng sì mǎ chē chéng chē shuí mǎi

柱③，题柱虽乘驷马车④，乘车谁买

cháng mén fù qiě kàn le cháng ān huí qù

《长门赋》⑤？且看了长安回去！

注释：①**拨不断：**此曲末句加了三个衬字。②**谩：**徒然、白白地。③**须索：**必须。**题桥柱：**亦作“题柱”。西汉司马相如贫贱时，从成都去长安求取功名，经城北“升仙桥”，在桥柱上题词：“不乘高车驷马，不过此桥！”④**驷马车：**贵族达官乘坐的四马高盖车。⑤**《长门赋》：**指司马相如以陈皇后口吻所作《长门赋》。传说汉武帝时陈皇后失宠，被幽禁于长门宫内，陈皇后为感悟汉武帝，封黄金百斤给司马相如以求一赋，司马相如为她写了《长门赋》，汉武帝读後果然感动，陈皇后遂重新得宠。

赋长门　清·周慕桥

51

bō bù duàn
拨不断

mǎ zhì yuǎn
马致远

jú huā kāi, zhèng guī lái。bàn hǔ xī sēng、hè lín yǒu、lóng shān kè;sì dù gōng bù、táo yuān míng、lǐ tài bái;yǒu dòng tíng gān、dōng yáng jiǔ、xī hú xiè。āi, chǔ sān lǘ xiū guài!

菊花开，正归来。伴虎溪僧、鹤林友、龙山客[①]；似杜工部[②]、陶渊明、李太白；有洞庭柑、东阳酒、西湖蟹[③]。哎，楚三闾休怪[④]！

注释：①**虎溪僧**：指晋代庐山东林寺虎溪的高僧慧远。虎溪在东林寺前，据说慧远送客从不过虎溪。一天他送诗人陶渊明、道士陆静修，不知不觉过了虎溪，忽然听到虎啸，三人大笑而别。後人称为“虎溪三笑。”**鹤林友**：指五代道士殷天祥。相传他修炼成仙，能使春花秋放。**龙山客**：指晋代的孟嘉。②**杜工部**：即杜甫，曾为检校工部员外郎。③**洞庭柑**：指江苏太湖洞庭山所产的名柑。**西湖蟹**：指杭州西湖所产的螃蟹。④**楚三闾**：指屈原，曾为楚三闾大夫。

虎溪三笑图　宋·佚　名

52

bō bù duàn
拨不断

mǎ zhì yuǎn
马致远

jiǔ bēi shēn gù rén xīn xiāng féng qiě mò tuī cí
酒杯深①，故人心，相逢且莫推辞
yǐn jūn ruò gē shí wǒ màn zhēn qū yuán qīng sǐ yóu tā
饮。君若歌时我慢斟②，屈原清死由他
rèn zuì hé xǐng zhēng shèn
恁③。醉和醒争甚？

注释：①**酒杯深**：指把酒杯斟得很满。②**歌**：指即席吟诗或放声歌唱。③**屈原清死**：指屈原坚持自己的清白节操而葬身鱼腹之中。楚辞《渔父》篇载，屈原答渔父曰："举世皆浊我独清，众人皆醉我独醒。"表现了屈原的情怀。**恁**：如此、这样。

屈原卜居图　清·黄应湛

53 落梅风[①]·远浦归帆

马致远

夕阳下，酒旆闲[②]，两三航未曾着岸[③]。落花水香茅舍晚，断桥头卖鱼人散。

注释：①落梅风：双调曲牌。又名《寿阳曲》、《落梅引》。②酒旆：酒旗。俗称“望子”。旧时酒店门前招徕酒客的旗子。③航：船。

54 落梅风

马致远

心间事，说与他，动不动早言两罢[①]。罢字儿碜可可你道是在耍[②]，我心里怕那不怕？

注释：①早言：就说。两罢：指男女双方断绝爱情关系。②碜：凄惨可怕的样子。可可：语助词。

秋帆旷揽图　清·王槩

55

落梅风

马致远

人初静，月正明。纱窗外玉梅斜映。梅花笑人偏弄影①，月沉时一般孤另②。

注释：①弄影：形容花影晃动的样子。弄，戏弄。②孤另：即孤零。另：单，独。

月曼清游图之月下赏梅 清·陈枚

56

luò méi fēng
落梅风

mǎ zhì yuǎn
马致远

shí xīn ér dài, xiū zuò huǎng huà ér cāi. bù xìn
实心儿待，休做谎话儿猜。不信
dào wèi yī céng hài. hài shí jié yǒu shuí céng jiàn lái? mán
道为伊曾害①。害时节有谁曾见来？瞒
bù guò zhǔ yāo xiōng dài.
不过主腰胸带②。

注释：①**道**：此处为语助词，加强语气。**伊**：第二人称，你。**害**：指害相思。②**主腰胸带**：又名抹胸，古代妇女束身的一种紧身带。类似现代妇女的胸罩。

57

luò méi fēng
落梅风

mǎ zhì yuǎn
马致远

qiáng wēi lù, hé yè yǔ, jú huā shuāng lěng xiāng
蔷薇露，荷叶雨，菊花霜冷香
tíng hù. méi shāo yuè xié rén yǐng gū, hèn bó qíng sì shí
庭户。梅梢月斜人影孤，恨薄情四时
gū fù.
辜负①。

注释：①**薄情**：此处指情人。因心有所怨，故称。**四时辜负**：即辜负了四季美好的风光。

荷亭消夏图·杨柳青年画

58

落梅风

马致远

因他害，染病疾，相识每劝咱是好意①。相识若知咱就里②，和相识也一般憔悴③。

注释：①**相识每**：朋友们。每，元俗语，即"们"字。②**就里**：内情，原因。③**和**：连。一般：一样，同样。

月曼清游图之秋庭观绣 清·陈枚

59

小桃红·春[1]

马致远

画堂春暖绣帏重[2]，宝篆香微动[3]。此外虚名要何用？醉乡中[4]，东风唤醒梨花梦[5]。主人爱客，寻常迎送，鹦鹉在金笼。

注释：①《小桃红·春》：是总题为《四公子宅赋》咏四季的“重头”曲第一首。四公子即春秋战国时期的孟尝君、春申君、平原君、信陵君。②**画堂**：汉代宫中的殿堂。後泛指华丽的堂舍。**绣帏**：绣花的帏幕。**重**：一重重，言多。③**宝篆**：熏香的美称。焚时烟如篆形文字状，故称。④**醉乡**：酒醉中意识朦胧，神智不清之境界。⑤**梨花梦**：指春梦，易逝的富贵梦。梨花开花于仲春之後，花开不久就凋落。

调鹦图　清·丁云鹏

60 金字经[1]

马致远

絮飞飘白雪，鲊香荷叶风[2]。且向江头作钓翁。穷，男儿未济中[3]。风波梦，一场幻化中。

注释：①**金字经**：南吕调曲牌。又名《阅金经》、《西番经》。②**鲊**：经过加工的鱼类食品，如腌鱼、糟鱼等。③**穷**：困厄，处于困境。**未济**：未成功，指功名未就。

61 金字经

马致远

夜来西风里[1]，九天雕鹗飞[2]。困煞中原一布衣[3]。悲，故人知未知？登楼意[4]，恨无上天梯。

注释：①**西风**：代指秋风。②**雕**：一种猛禽。**鹗**：鸟名，雕属，俗称鱼鹰。雕鹗比喻杰出人才。汉末孔融《荐弥衡表》："鸷鸟累百，不如一鹗。"③**布衣**：平民，布衣为古代庶人之服，故称。④**登楼意**：用王粲登楼的典故。东汉末年，王粲遭乱流离，避难荆州投奔刘表，却因其貌丑体弱而不受刘表赏识重用。因此登上当阳城楼作《登楼赋》，抒发去国离乡和报负难展的悲愤。

松溪钓艇图 元·朱德润

62

折桂令·叹世

马致远

咸阳百二山河①，两字功名，几阵干戈。项废东吴②，刘兴西蜀③，梦说南柯④。韩信功兀的般证果⑤，蒯通言那里是风魔⑥？成也萧何，败也萧何⑦；醉了由他！

注释：①**咸阳**：秦国都城。**百二山河**：意谓山河形势险固。语出《史记·高祖本纪》："秦，形胜之国，带山河之险，县（悬）隔千里，持戟百万，秦得百二焉。"是说以秦国的险要地势，二万兵力足抵得上一百万的兵力。②**项废东吴**：指项羽兵败，自刎乌江。乌江，在今安徽和县东北，属古东吴之地。③**刘兴西蜀**：指刘邦曾被封为汉王，依据所占巴蜀、汉中之地，败项羽，立汉朝。④**梦说南柯**：意谓楚汉兴亡一事也如南柯一梦。唐李公佐《南柯说》记淳于棼梦入大槐安国，被召为驸马，任南柯太守，享尽富贵荣华。醒後却是一场白日梦。所谓槐安国不过是老槐树下的一个蚁穴。⑤**韩信**：汉朝开国功臣，辅佐刘邦夺得天下，後被吕后所害。**兀的般**：如此，这般。**证果**：佛家语，谓经长久精修，悟道有成。此指下场、结果。⑥**蒯通**：即蒯彻，汉初著名辩士。曾劝说韩信反汉自立，韩信不听。他怕受牵连，装疯避祸。⑦**"成也"二句**：萧何，汉初名将。向刘邦举荐韩信和後来向吕后献计谋害韩信的都是萧何。

萧何月下追韩信　古代·瓷板画

63 拨不断

bō bù duàn

mǎ zhì yuǎn
马致远

bù yī zhōng wèn yīng xióng wáng tú bà yè chéng hé yòng hé shǔ gāo dī liù dài gōng qiū wú yuǎn jìn qiān guān zhǒng yī chǎng è mèng

布衣中，问英雄：王图霸业成何用？禾黍高低六代宫，楸梧远近千官冢[①]。一场恶梦！

注释：①“禾黍”二句：化用唐许浑《金陵怀古》诗句：“楸梧远近千官冢，禾黍高低六代宫。”**六代宫**：指吴、东晋、南朝宋、齐、梁、陈六朝都建都于建康（今南京市）。**楸梧**：楸树和梧桐，指墓地上的树木。**冢**：高大的坟墓。

64 拨不断

bō bù duàn

mǎ zhì yuǎn
马致远

mò dú kuáng huò nán fáng xún sī yuè yì fēi liáng jiàng zhí dài qí bāng sǎo dì wáng huǒ zhōng yī zhàn jī hū sàng gǎn rén xiū gǎn shàng

莫独狂[①]，祸难防。寻思乐毅非良将[②]，直待齐邦扫地亡[③]，火中一战几乎丧。赶人休赶上[④]。

注释：①**独狂**：狂妄自大。②**乐毅**：战国时燕国上将。善用兵，曾统帅燕、赵、韩、魏联军攻打齐国，攻下七十馀城。燕惠王即位後，听信齐国反间计，派骑劫接替乐毅职务，乐毅投奔赵国。齐将田单用火牛阵攻破骑劫军，一举收复全部失地，乐毅前功尽弃。③**待**：将，打算。④**休赶上**：不要逼人太过。

临萧照瑞应图之黄袍加身　明·仇　英

65 庆东原·叹世

qìng dōng yuán tàn shì

mǎ zhì yuǎn
马致远

míng yuè xián jīng pèi　qiū fēng zhù gǔ pí　zhàng qián dī jìn yīng xióng lèi　chǔ gē sì qǐ　wū zhuī màn sī　yú měi rén xī　bù rú zuì hái xǐng　xǐng ér zuì

明月闲旌旆[①]，秋风助鼓鼙[②]，帐前滴尽英雄泪。楚歌四起，乌骓漫嘶，虞美人兮[③]！不如醉还醒，醒而醉。

注释：①**旌旆**：旗帜。②**鼓鼙**：军中用的大鼓和小鼓。③**“帐前”四句**：《史记·项羽本纪》：“项王军壁垓下，兵少食尽，汉军及诸侯兵围之数重。夜闻汉军四面皆楚歌，项王乃大惊曰：‘汉皆已得楚乎？是何楚人之多也！’项王则夜起，饮帐中。有美人名虞，常幸从；骏马名骓，常骑之。于是项王乃悲歌慷慨，自为诗曰：‘力拔山兮气盖世，时不利兮骓不逝。骓不逝兮可奈何，虞兮虞兮奈若何！’歌数阕，美人和之。项王泣数行下，左右皆泣，莫能仰视。”反映项羽英雄末路的悲景。

张良吹箫破楚兵·杨柳青年画

66 清江引[①]·野兴

马致远

樵夫觉来山月低[②]，钓叟来寻觅。你把柴斧抛，我把鱼船弃。寻取个稳便处闲坐地[③]。

注释：①清江引：一名江儿水，双调曲牌。②觉来：醒来。③闲坐地：即闲坐。地，语助词。

67 清江引·野兴

马致远

绿蓑衣紫罗袍谁为你[①]？两件儿都无济[②]。便作钓鱼人，也在风波里。则不如寻个稳便处闲坐地。

注释：①绿蓑衣：喻指渔人或隐士。紫罗袍：喻指入仕做官。②无济：没用、没价值。

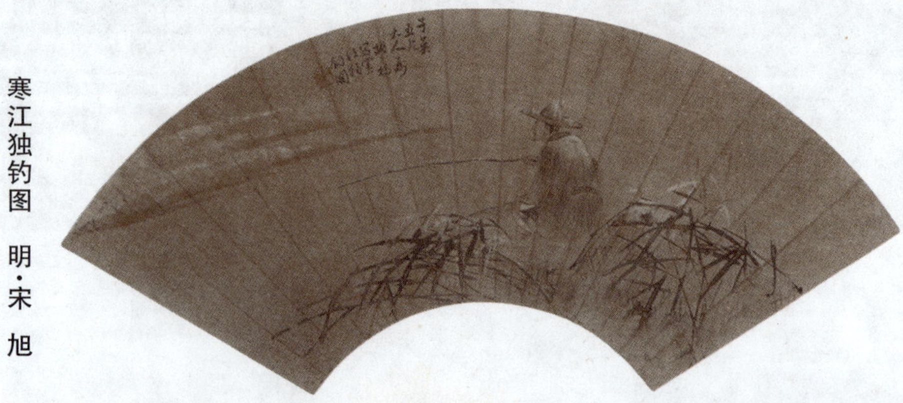

寒江独钓图　明·宋旭

68

清江引
qīng jiāng yǐn

马致远
mǎ zhì yuǎn

林泉隐居谁到此，有客清风至[1]。会作山中相[2]，不管人间事。争甚么半张名利纸！

lín quán yǐn jū shuí dào cǐ, yǒu kè qīng fēng zhì. huì zuò shān zhōng xiàng, bù guǎn rén jiān shì. zhēng shèn me bàn zhāng míng lì zhǐ!

注释：①**有客清风至：**把清风作为客人。②**山中相：**南朝著名道士陶弘景入梁後，不再做官，隐居勾曲山（今江苏西南部），梁武帝萧衍多次礼聘都不出山，国有大事，梁武帝就派人到山中咨询，故人称“山中宰相”。这里借指弃官隐居、高卧山中的隐士。

69

清江引
qīng jiāng yǐn

马致远
mǎ zhì yuǎn

西村日长人事少[1]，一个新蝉噪。恰待葵花开[2]，又早蜂儿闹。高枕上梦随蝶去了[3]。

xī cūn rì cháng rén shì shǎo, yī gè xīn chán zào. qià dài kuí huā kāi, yòu zǎo fēng ér nào. gāo zhěn shàng mèng suí dié qù liǎo.

注释：①**西村：**喻指隐士所居地。原作西畴，化用陶渊明《归去来兮辞》：“悦亲戚之情话……将有事于西畴。”②**恰：**正、刚。③**梦随蝶去：**用《庄子·齐物论》中庄周梦中化蝶的典故。此指进入梦乡。

归去来辞图之稚子候门　明·李　在

70 四块玉

sì kuài yù

mǎ zhì yuǎn
马致远

jiǔ xuán gū yú xīn mǎi mǎn yǎn yún shān huà tú
酒旋沽[①]，鱼新买。满眼云山画图

kāi qīng fēng míng yuè huán shī zhài běn shì gè lǎn sǎn
开，清风明月还诗债[②]。本是个懒散

rén yòu wú shèn jīng jì cái guī qù lái
人，又无甚经济才[③]。归去来！

注释：①**旋**：刚刚，不久。**沽**：买。②**诗债**：他人索诗或要求和作，没有酬答，以及自己想写而没写的诗，都是“诗债”。③**经济才**：经世济民的才能。

71 四块玉·天台路[①]

sì kuài yù tiān tái lù

mǎ zhì yuǎn
马致远

cǎi yào tóng chéng luán kè yuàn gǎn liú láng xià tiān
采药童，乘鸾客[②]。怨感刘郎下天

tái chūn fēng zài dào rén hé zài táo huā yòu bù jiàn
台，春风再到人何在？桃花又不见

kāi mìng bó de qióng xiù cai shuí jiào nǐ huí qù lái
开。命薄的穷秀才，谁教你回去来！

注释：①**天台**：据《太平御览》载：刘晨、阮肇采药上天台山，遇二仙女各结鸾俦，留半年，怀乡思归，重返故里。“及归，乡邑零落，已十世矣。”後二人又再去天台访女，踪迹杳然。天台山，今浙江天台县北。②**乘鸾客**：据《列仙传》载，萧史善吹箫，得秦穆公女弄玉爱慕，结为夫妇。萧史教弄玉学箫作凤鸣声，箫声引来凤凰，夫妇二人俱乘凤凰飞升成仙。後以“乘鸾”比喻成仙或得佳偶。此指刘晨、阮肇遇仙缔结良缘。

陶潜归庄图之四 元·何澄

72 四块玉·马嵬坡[①]

sì kuài yù mǎ wéi pō

mǎ zhì yuǎn
马致远

shuì hǎi táng chūn jiāng wǎn hèn bù dé míng huáng zhǎng zhōng kàn ní cháng biàn shì zhōng yuán huàn bù yīn zhè yù huán yǐn qǐ nà lù shān zěn zhī shǔ dào nán

睡海棠[②]，春将晚，恨不得明皇掌中看[③]。《霓裳》便是中原患[④]。不因这玉环，引起那禄山，怎知蜀道难[⑤]？

注释：①**马嵬坡**：又名马嵬驿，今陕西兴平县西北。②**睡海棠**：指杨贵妃，据安乐史《杨太真外传》，一次唐玄宗在沉香亭召见杨贵妃，杨贵妃醉酒未醒，唐玄宗笑沉醉的杨贵妃为"海棠睡未足"。指醉态妩媚，像一朵春睡未醒的海棠花。③**明皇**：即唐玄宗李隆基。④**《霓裳》**：指《霓裳羽衣曲》，相传杨贵妃善舞此曲。⑤**"不因三句"**：意谓如果唐玄宗不是因为宠爱杨贵妃，沉湎于美色，就不会引起安禄山反叛，也不会仓皇奔蜀，备尝蜀道的艰难险阻了。**玉环**：杨贵妃字玉环。

沉香亭图 清·袁江

73 四块玉·洞庭湖[1]

sì kuài yù dòng tíng hú

mǎ zhì yuǎn
马致远

huà bù chéng xī shī nǚ tā běn qīng chéng què qīng wú gāo zāi fàn lǐ chéng zhōu qù nǎ lǐ shì fàn wǔ hú ruò lún gān bù diào yú biàn suǒ tā xué chǔ dà fū

画不成[2]，西施女，他本倾城却倾吴[3]。高哉范蠡乘舟去[4]，那里是泛五湖？若纶竿不钓鱼[5]，便索他学楚大夫[6]。

注释：①**洞庭湖：**指江苏太湖，别称洞庭，为五湖之一。曲中又借指五湖。②**画不成：**形容西施风华绝代，画笔难以传神。③**倾城：**倾覆邦国。形容女人容貌绝美。**倾吴：**指西施以美貌倾覆吴国。④**范蠡：**春秋时越国大夫，越王勾践败于吴国後，帮助勾践卧薪尝胆，刻苦图强，并在民间求得美女西施，献给吴王夫差，吴王迷恋美色，荒于国政，吴被越灭亡。灭吴後，范蠡认为勾践为人“可与同患，难与处安”，便功成身退，改名鸱夷子皮，携西施“乘舟泛海以行，终不返”。⑤**纶竿：**钓竿。纶，钓鱼用的丝线。⑥**便索：**就得，就要。**楚大夫：**一说指楚国屈原大夫；一说指任越国大夫的楚国人文种。二人都曾受君王信任重用後遭抛弃致死。

美女西施　清·任薰

74 四块玉·临邛市[1]

sì kuài yù lín qióng shì

马致远

mǎ zhì yuǎn

měi mào niáng míng jiā zǐ zì jià zhe gè sī bēn chē ér hàn xiàng rú biàn zuò wén zhāng shì ài tā nà yī cāo ér qín gòng tā nà liǎng jù ér shī yě yǒu gǎi jià shí

美貌娘，名家子，自驾着个私奔车儿[2]。汉相如便做文章士[3]，爱他那一操儿琴[4]，共他那两句儿诗[5]。也有改嫁时。

注释：①**临邛市**：古郡名，今四川邛崃。卓文君的故乡。②**“美貌娘”三句**：指寡居在家的卓文君爱慕司马相如的才学与其私奔。相如家贫，她尽卖车骑，于临邛开设酒肆，文君当垆卖酒，相如则与佣人一道劳作。**名家子**：卓文君为豪商卓王孙之女，美貌多才，性喜音乐。③**汉相如**：指西汉辞赋家司马相如。**便**：纵然，即便。④**一操**：一曲。古代琴曲、鼓曲中有“操”、“引”等名目。⑤**两句儿诗**：指司马相如除以琴心挑动卓文君外，还高吟《凤求凰》诗，有句云：“凤兮凤兮归故乡，遨游四海求其凰。”

千秋绝艳图之卓文君　明·佚名

75

sì kuài yù tàn shì

四块玉·叹世①

mǎ zhì yuǎn

马致远

dài yě huā xié cūn jiǔ fán nǎo rú hé dào xīn

带野花，携村酒，烦恼如何到心

tóu shuí néng yuè mǎ cháng shí ròu èr qǐng tián yī jù

头，谁能跃马常食肉②？二顷田，一具

niú bǎo hòu xiū

牛③，饱後休④。

注释：①**叹世**：马致远以“叹世”为题的曲作甚多。以“四块玉”曲牌写的《叹世》共九首，这里选其中三首。②**跃马常食肉**：喻富贵得志。《史记·范雎蔡泽列传》：“吾持粱刺齿肥，跃马疾驱，怀黄金之印，结紫绶于要，揖让人主之前，食肉富贵，四十三年足矣。”刘孝标《〈相经〉序》：“其间或跃马膳珍，或飞而食肉。”③**具**：同“犋”，能拉动一种农具的畜力称为一犋。④**休**：罢休、满足。

76

sì kuài yù tàn shì

四块玉·叹世

zuǒ guó xīn ná yún shǒu mìng lǐ wú shí mò

佐国心①，拿云手②，命里无时莫

gāng qiú suí shí guò qiǎn xiū shēng shòu jǐ yè mián

刚求③，随时过遣休生受④。几叶绵，

yī piàn chóu nuǎn hòu xiū

一片绸，暖後休。

注释：①**佐国心**：辅佐君王安邦治国之心。②**拿云手**：比喻志向高远。唐李贺《致酒行》：“少年心事当拏云，谁念幽寒坐呜呃。”拏，同“拿”。③**刚求**：强求。④**生受**：辛苦、受苦。

sì kuài yù tàn shì
77 四块玉·叹世

mǎ zhì yuǎn
马致远

dài yuè xíng　pī xīng zǒu　gū guǎn hán shí gù xiāng qiū　qī ér pàng le zán xiāo shòu　zhěn shàng yōu　mǎ shàng chóu　sǐ hòu xiū

带月行，披星走，孤馆寒食故乡秋[①]，妻儿胖了咱消瘦。枕上忧，马上愁，死後休。

注释：①**寒食：**节令名，在农历清明前一日或两日，相传起于春秋时晋文公为悼念自焚而死的功臣介之推而定。相传介之推因未受封赏，隐于山中，重耳烧山逼他出来，之推抱树烧死。文公为悼念他，禁止在之推死日生火煮食，只吃冷食，以後相沿成习，叫做寒食禁火。

月下把杯图　宋·佚　名

78 天净沙·秋思

tiān jìng shā qiū sī

马致远

mǎ zhì yuǎn

kū téng lǎo shù hūn yā xiǎo qiáo liú shuǐ rén jiā gǔ dào xī fēng shòu mǎ xī yáng xī xià duàn cháng rén zài tiān yá

枯藤老树昏鸦①，小桥流水人家，古道西风瘦马。夕阳西下，断肠人在天涯②。

注释：①**昏鸦**：傍晚归巢的乌鸦。②**断肠人**：指飘泊天涯、悲伤至极的旅客。

79 拨不断

bō bù duàn

马致远

mǎ zhì yuǎn

lì fēng luán tuō zān guān xī yáng dào yǐng sōng yīn luàn tài yè chéng xū yuè yǐng kuān hǎi fēng hàn màn yún xiá duàn zuì mián shí xiǎo tóng xiū huàn

立峰峦，脱簪冠①。夕阳倒影松阴乱，太液澄虚月影宽②，海风汗漫云霞断③。醉眠时小童休唤。

注释：①**簪冠**：指官帽。簪是古代用来固定发髻或连结冠发的针形首饰。冠就是帽子。②**太液澄虚**：指皓月当空，天空澄澈空明，犹如太液池之水。太液，皇家宫苑池名，面积广大。虚，此指天空。③**汗漫**：漫无边际。

寒鸦图 宋·佚名

80

喜春来·别情

王伯成

多情去後香留枕[1]，好梦回时冷透衾[2]，闷愁山重海来深。独自寝，夜雨百年心[3]。

注释：①多情：指情郎。②衾：被子。③夜雨百年心：听夜雨勾起对情人的无尽思念。百年心：谓无尽的思念。

月曼清游图之七　清·陈枚

81

pǔ tiān lè
普天乐①

téng bīn
滕斌

tàn guāng yīn rú liú shuǐ qū qū zhōng rì wǎng
叹光阴，如流水。区区终日②，枉

yòng xīn jī cí shì fēi jué míng lì bǐ yàn shī shū
用心机。辞是非，绝名利，笔砚诗书

wèi huó jì lè jī yán zhì zǐ shān qī máo shè shù
为活计。乐齑盐稚子山妻③。茅舍数

jiān tián yuán èr qǐng guī qù lái xī
间，田园二顷，归去来兮！

注释：①**普天乐**：正宫调曲牌。定格句式为三三、四四、三三、七七、四四四。②**区区**：拳拳，专心一意，辛辛苦苦。③**齑盐**：腌菜、酱菜一类食品，形容清贫简朴的生活。**山妻**：隐士自称其妻的谦词。

鸡声茅店图　清·袁耀

82 红绣鞋·晚秋

hóng xiù xié wǎn qiū

李致远

lǐ zhì yuǎn

mèng duàn chén wáng luó wà qíng shāng xué shì pí pá

梦断陈王罗袜①，情伤学士琵琶②。

yòu jiàn xī fēng huàn nián huá shù bēi tiān lèi jiǔ jǐ diǎn

又见西风换年华。数杯添泪酒③，几点

sòng qiū huā xíng rén tiān yī yá

送秋花。行人天一涯。

注释：①**陈王**：指曹植。最後封地在陈郡（今河南淮阳），谥号“思”，故被称为陈思王或陈王。相传他曾求甄逸之女为妻，未成。甄女後归曹丕，终被郭后害死。曹植入朝见其遗物，伤心泪下，在归途中，经洛水，作《洛神赋》，赋中描写洛神的体态轻盈、飘行若神，有“凌波微步、罗袜生尘”的句子，形容宓妃的神态飘飘欲仙。此处罗袜指代美人。②**“情伤”句**：化用白居易《琵琶行》诗意。白居易因上书针砭朝政，被贬为江州（今江西九江）司马。次年秋送客夜闻江上琵琶声，有感而作《琵琶行》诗，诗末尾有“座中泣下谁最多？江州司马青衫湿”句。因白居易曾任翰林学士。故称为“学士”。③**添泪酒**：化用范仲淹《苏幕遮》词句“酒入愁肠，化作相思泪”句意。

83 天净沙·春闺

tiān jìng shā chūn guī

李致远

lǐ zhì yuǎn

huà lóu xǐ yǐ lán gān fěn yún chuī zuò xiū huán

画楼徙倚栏杆①，粉云吹做修鬟②，

bì yuè dī xuán yù wān luò huā lǎn màn luó yī tè

壁月低悬玉弯③。落花懒慢④，罗衣特

dì chūn hán

地春寒⑤。

注释：①**画楼**：装饰华丽的楼阁。**徙倚**：站立；凭靠。②**粉云**：形容柳絮。**修鬟**：美丽的环状发髻。③**璧月**：璧玉一般的圆月。**玉弯**：指弯月。④**懒慢**：慵懒散漫。此处形容落花萎谢无力。⑤**特地**：特别，格外。

84 小桃红·碧桃①

李致远

秾华不喜污天真②，玉瘦东风困③。汉阙佳人足风韵④。唾成痕⑤，翠裙剪剪琼肌嫩⑥。高情厌春，玉容含恨⑦，不赚武陵人⑧。

注释：①**碧桃**：即千叶桃，花重瓣，白色或粉红，不结果实。②**秾华**：繁茂的花朵。③**玉瘦**：指碧桃花枯萎。④**汉阙佳人**：指赵飞燕。阙，指宫殿。⑤**唾成痕**：喻桃花似为美人的香唾所化。用赵飞燕唾花故事。汉伶玄《赵飞燕外传》："后（指皇后赵飞燕）与其妹倢伃坐，后误唾倢伃袖。倢伃曰："姐唾染人绀袖，正似石上花，假令尚方为之，未能如此衣之华（花）。以为石华广袖。"⑥**翠裙剪剪**：形容桃叶如翠裙般齐整。⑦**高情**：写白色的碧桃花有高洁的情操，讨厌春天的繁华，不施脂粉，那美丽的花容蕴含着淡淡的哀愁。⑧**不赚**：不骗。**武陵人**：指陶渊明《桃花源记》中的武陵渔人。他到桃花源後，曾"逢桃花林，夹岸数百步，中无杂树，芳草鲜美，落英缤纷"。唐宋诗词和元曲中常把武陵渔人入桃源事与刘晨、阮肇入天台山采药逢仙女事牵合在一起，用作冶游、艳遇的典故。这里即以武陵人指代冶游猎艳之徒。

仕女图之桃林伴鹿 清·改琦

85 鹦鹉曲·山亭逸兴

冯子振

白无咎有《鹦鹉曲》云[1]："侬家鹦鹉洲边住，是个不识字渔父。浪花中一叶扁舟，睡煞江南烟雨。觉来时满眼青山，抖擞绿蓑归去。算从前错怨天公，甚也有安排我处。"余壬寅岁留上京[2]，有北京伶妇御园秀之属[3]，相从风雪中。恨此曲无续之者，且谓前後多亲炙士大夫[4]，拘于韵度，如第一个"父"字便难下语；又"甚也有安排我处"，"甚"字必须去声字，"我"字必须上声字，音律始谐，不然不可歌，此一节又难下语。诸公举酒，索余和之。以汴、吴、上都、天京风景试续之。

嵯峨峰顶移家住[5]，是个不唧溜樵父[6]。烂柯时树老无花[7]，叶叶枝枝风雨。故人曾唤我归来，却道不如休去。指门前万叠云山，是不费青蚨买处[8]。

注释：①**白无咎**：元代散曲作家白贲，号无咎。**鹦鹉曲**：原名《黑漆弩》，因白贲用此曲牌所作的一曲首句"侬家鹦鹉洲边住"盛传士林，故人们又称《黑漆弩》为《鹦鹉曲》。②**壬寅岁**：元成宗大德六年（1302）。**上京**：元京城大都，即北京。③**伶妇**：女演员。④**亲炙**：亲身受到教益。⑤**嵯峨**：山势高耸，突兀险峻。⑥**不唧溜**：不伶俐、不精明。⑦**烂柯**：据梁任昉《述异记》载：晋时王质到信安郡石室山伐木，见几个童子边下围棋边唱歌，王质站下来听歌看棋。童子给他一粒枣核状的东西，王质含在嘴里便不觉得饥饿。不一会，童子对他说："怎么还不走？"王质起身，看见斧柄全已朽烂。柯，斧柄。⑧**青蚨**：指钱。《搜神记》十三："南方有虫名青蚨……取其子，即飞来，不以远近。虽潜取其子，母必知处，以母血涂钱八十一文，以子血涂钱八十一文。每市物，或先用母钱，或先用子钱，皆复飞归，轮转不已。"後人因称钱为"青蚨"。

86 鹦鹉曲·感事

yīng wǔ qǔ gǎn shì

冯子振

féng zǐ zhèn

jiāng hú nán bǐ shān lín zhù, zhòng guǒ shèng cì chuán fù。kàn chūn huā yòu kàn qiū huā, bù guǎn diān fēng kuáng yǔ。jìn rén jiān bái làng tāo tiān, wǒ zì zuì gē mián qù。dào zhōng liú shǒu jiǎo máng shí, zé kào zhe chái fēi shēn chù。

江湖难比山林住，种果胜刺船父[①]。看春花又看秋花，不管颠风狂雨。尽人间白浪滔天，我自醉歌眠去。到中流手脚忙时，则靠着柴扉深处[②]。

注释：①刺船：撑船。此句意谓江湖上的船夫不如山林里的果农。②柴扉：用树条编扎的门。

87 鹦鹉曲·野客

yīng wǔ qǔ yě kè

冯子振

féng zǐ zhèn

chūn guī bù liàn fēng guāng zhù, xiàng lǎo zhuō wèn xùn chá fù。tàn rěn rǎn lǐ bái piāo líng, jì mò cháng ān huā yǔ。zhǐ cāng míng tiě wǎng shān hú, xiù juǎn diào gān xī qù。jǐn páo kōng zuì mò lín lí, shì wàn gǔ shēng míng xiǎng chù。

春归不恋风光住，向老拙问讯槎父[①]。叹荏苒李白漂零[②]，寂寞长安花雨。指沧溟铁网珊瑚[③]，袖卷钓竿西去[④]。锦袍空醉墨淋漓，是万古声名响处。

注释：①老拙：对自己的谦称。槎父：乘槎的人。晋·张华《博物志》载：“天河与海通，近世有人居海渚者，年年八月，有浮槎去来，不失期。”後用“乘槎”比喻入朝做官。②荏苒：时光流逝。漂零：即飘零，坠落。③指：投向。沧溟：大海。铁网珊瑚：指用铁网收取海底的珊瑚，後用以比喻搜罗珍奇、人才。④“袖卷”句：化用李白“捉月沉江”的传说，传说唐李白酒醉泛舟当涂采石，俯捉江中月影而溺死。暗喻不幸死去。

88

shān pō yáng yān chéng shù huái
山坡羊·燕城述怀[1]

liú zhì
刘致

云山有意，轩裳无计[2]，被西风吹断功名泪。去来兮，再休提！青山尽解招人醉[3]，得失到头皆物理[4]。得，他命里；失，咱命里。

注释：①**燕城**：故址在今河北易县东南。相传燕昭王曾在此筑黄金台，置黄金于台上，以招聘天下奇士。②**轩裳**：大夫之服装，比喻官居上位者。③**尽解**：完全懂得。④**物理**：事物的常理，天理。

观瀑图　明·汪肇

89

山坡羊

刘致

西湖醉歌次郭振卿韵

朝朝琼树[1]，家家朱户[2]，骄嘶过沽酒楼前路[3]。贵何如，贱何如？六桥都是径行处[4]，花落水流深院宇[5]。闲，天定许；忙，人自取。

注释：①**朝朝**：日日。**琼树**：琼花玉树，形容繁华景象。琼，赤色玉，常用来比喻精美的事物。②**朱户**：朱门大户。古代帝王赏赐公侯的“九锡”之一，泛指贵族宅第。③**骄**：放纵。**嘶**：发声凄楚哽噎，如骏马嘶叫。④**六桥**：指杭州西湖苏堤上的六座石拱桥，名为映波、锁澜、望山、压堤、东（束）浦、跨虹。宋朝苏轼始建。⑤**“花落”句**：意谓院宇深深的高门大户、富贵人家，最终也会“落花流水春去”。一切功名富贵都如过眼云烟。

西湖纪胜图之虎跑泉　明·孙枝

90　红绣鞋·警世

hóng xiù xié　jǐng shì

张养浩（zhāng yǎng hào）

才上马齐声儿喊道[1]，只这的便是那送了人的根苗[2]，直引到深坑里恰心焦[3]。祸来也何处躲，天怒也怎生饶[4]，把旧来时威风不见了！

cái shàng mǎ qí shēng ér hǎn dào，zhǐ zhè de biàn shì nà sòng le rén de gēn miáo，zhí yǐn dào shēn kēng lǐ qià xīn jiāo。huò lái yě hé chù duǒ，tiān nù yě zěn shēng ráo，bǎ jiù lái shí wēi fēng bù jiàn liǎo！

注释：①喊道：古时大官出行巡视，前有衙役高声吆喝，使行人闻声回避让路，谓之喊道。②这的：指上面喊道的威风。③恰：才。④怎生饶：怎么能宽恕。

91　红绣鞋·警世

hóng xiù xié　jǐng shì

张养浩（zhāng yǎng hào）

正胶漆当思勇退[1]，到参商才说归期[2]，只恐范蠡张良笑人痴[3]。捵着胸登要路[4]，睁着眼履危机，直到那其间谁救你[5]？

zhèng jiāo qī dāng sī yǒng tuì，dào shēn shāng cái shuō guī qī，zhǐ kǒng fàn lǐ zhāng liáng xiào rén chī。tiǎn zhe xiōng dēng yào lù，zhēng zhe yǎn lǚ wēi jī，zhí dào nà qí jiān shuí jiù nǐ？

注释：①胶漆：如胶似漆，形容关系亲密，感情深厚，亲密无间。《史记·鲁仲连邹阳列传》："感于心，合于行，亲于胶漆，昆弟不能离。"②参商：参、商二星一在西，一在东。此出彼没，不得相逢。比喻双方隔绝或不和睦。这里比喻分歧、合不来。③范蠡张良：二人均是历史上功成身退的典型。④捵：挺出。要路：喻显要的地位。⑤那其间：即那期间，那时候。

92 山坡羊·潼关怀古[1]

shān pō yáng tóng guān huái gǔ

zhāng yǎng hào
张养浩

fēng luán rú jù bō tāo rú nù shān hé biǎo lǐ tóng guān lù wàng xī dū yì chóu chú shāng xīn qín hàn jīng xíng chù gōng què wàn jiān dōu zuò le tǔ xīng bǎi xìng kǔ wáng bǎi xìng kǔ

峰峦如聚[2]，波涛如怒，山河表里潼关路[3]。望西都[4]，意踌躇[5]。伤心秦汉经行处[6]，宫阙万间都做了土。兴，百姓苦；亡，百姓苦！

注释：①**潼关：**在今陕西潼关县，为历代军事要塞。②**峰峦如聚：**潼关西薄华山，南接高岭，山峰连绵不断凑聚在一起。③**山河表里：**指潼关内有华山，外有黄河。表里，里外。④**西都：**即长安（今陕西省西安市）。汉代以长安为西都，也称西京。⑤**意：**心绪。**踌躇：**本指犹豫不决、徘徊不前。此指反复思索，思潮起伏。⑥**经行：**本为佛家用语。指佛教徒修行布道往返于一定之地。这里借指秦汉故都所在地。

阿房宫图　清·袁耀

93

庆东原

张养浩

鹤立花边玉，莺啼树杪弦[①]，喜沙鸥也解相留恋[②]。一个冲开锦川[③]，一个啼残翠烟[④]，一个飞上青天。诗句欲成时，满地云撩乱[⑤]。

注释：①“鹤立”二句：是说白鹤站在花边好像玉石一样洁白美丽，黄莺在树梢歌唱好像弹琴一样美妙动听。②杪：即树梢。②解：懂、明白。③锦川：美丽的河川。此句指沙鸥在美丽的河川中游泳。④翠烟：青翠林间的烟雾云气。⑤撩乱：纷乱、缤纷。

花鸟图 清·郎世宁

94 清江引·咏秋日海棠

qīng jiāng yǐn　yǒng qiū rì hǎi táng

张养浩

zhāng yǎng hào

寂寞一枝三四花，弄色书窗下。为着沉香迷[①]，梦见马嵬怕，且潜身住在居士家[②]。

jì mò yī zhī sān sì huā, nòng sè shū chuāng xià. wèi zhe chén xiāng mí, mèng jiàn mǎ wéi pà, qiě qián shēn zhù zài jū shì jiā.

注释：①**沉香**：指杨贵妃受唐玄宗宠幸在沉香亭赏牡丹花事。据《唐诗纪事》载：唐玄宗诏命移植牡丹于沉香亭前，与杨贵妃共赏，并命李白作新乐章。李白就眼前景象，成《清平调》词三首。有“名花倾国两相欢”、“沉香亭北倚阑干”之句。深得玄宗赞赏，更加专爱杨妃。②**潜身**：藏身。**居士**：犹处士，有才德隐居不仕的人，佛家指在家修行之人。

元曲三百首

95 清江引·咏秋日海棠

qīng jiāng yǐn　yǒng qiū rì hǎi táng

张养浩

zhāng yǎng hào

睡起不禁霜月苦[①]，篱菊休相妒[②]。恰与东君别[③]，又被西风误，教他这粉蝶儿无去处[④]。

shuì qǐ bù jīn shuāng yuè kǔ, lí jú xiū xiāng dù. qià yǔ dōng jūn bié, yòu bèi xī fēng wù, jiào tā zhè fěn dié ér wú qù chù.

注释：①**不禁**：禁受不了。**霜月**：农历七月。②**篱菊**：生长在篱笆边的菊花。多为野菊。③**恰**：才，方才。**东君**：指春神。下句“西风”，指秋风。④**粉蝶儿**：形容飘落飞动的秋花。

96

zhé guì lìng
折桂令

yú jí
虞集

xí shàng ǒu tán shǔ hàn shì yīn fù duǎn zhù tǐ
席上偶谈蜀汉事，因赋短柱体①

luán yú sān gù máo lú hàn zuò nán fú rì
鸾舆三顾茅庐②，汉祚难扶③。日
mù sāng yú shēn dù nán lú cháng qū xī shǔ lì
暮桑榆④，深渡南泸⑤。长驱西蜀，力
jù dōng wú měi hū zhōu yú miào shù bēi fú guān yǔ yún
拒东吴。美乎周瑜妙术，悲夫关羽云
cú tiān shù yíng xū zào wù chéng chú wèn rǔ hé
殂⑥。天数盈虚⑦，造物乘除⑧。问汝何
rú zǎo fù guī yú
如？早赋归欤⑨！

注释：①**短柱体**：词曲中俳体的一种，两字一韵，每句两韵至三韵。②**鸾舆**：即銮舆，皇帝的车驾，此处指代刘备。此时刘备尚未称帝，是以後来的地位称呼他。③**祚**：皇位，国统。④**桑榆**：日暮时，太阳的馀光在桑榆树间，因以指日暮。《淮南子》："日西垂景在树端，谓之桑榆。"因以比喻晚年。⑤**深渡南泸**：指诸葛亮数次率兵渡过泸水平定西南少数民族地区。泸，泸水，今金沙江。⑥**云**：语助词。**殂**：死亡。⑦**天数**：天命。**盈虚**：指盛衰、兴亡、穷通等。⑧**造物**：古人认为有一个创造万物的神力，叫做造物。**乘除**：比喻人事的消长盛衰。⑨**早赋归欤**：意为早点归隐。陶渊明《归去来辞》序中说他做彭泽县令时，到任几天，就"眷然有归欤之情"。欤，语助词。

临宋人画之三顾茅庐　明·仇英

97 水仙子·游越福王府[①]

shuǐ xiān zǐ　yóu yuè fú wáng fǔ

乔吉（qiáo jí）

shēng gē mèng duàn jí lí shā　luó qǐ xiāng yú yě cài huā
笙歌梦断蒺藜沙[②]，罗绮香馀野菜花[③]，

luàn yún lǎo shù xī yáng xià　yàn xiū xún wáng xiè jiā
乱云老树夕阳下。燕休寻王谢家[④]，

hèn xīng wáng nù shà xiē míng wā　pū jǐn chí mái huāng zhòu
恨兴亡怒煞些鸣蛙。铺锦池埋荒甃[⑤]，

liú bēi tíng duī pò wǎ　hé chù yě fán huá
流杯亭堆破瓦[⑥]，何处也繁华？

注释：①**福王**：名赵与芮，为宋太祖赵匡胤十世孙，理宗赵昀的同母弟，府第在绍兴府山阴县。②**蒺藜**：果皮有刺，又称刺蒺藜。蒺藜沙，长满蒺藜的沙地。③**“罗绮”句**：野菜花上残留着罗绮馀香。④**王谢**：指六朝时的望族王氏、谢氏。後以“王谢”作为高门世族的代称。⑤**埋荒甃**：被倒坍的砖块所掩埋。甃，砖。⑥**流杯亭**：相传为春秋吴王阖闾游春处。

秋树昏鸦图　明·项圣谟

98 水仙子·赋李仁仲懒慢斋[1]

乔吉

闹排场经过乐回闲[2]，勤政堂辞别撒会懒[3]，急喉咙倒唤学些慢[4]。掇梯儿休上竿[5]，梦魂中识破邯郸[6]。昨日强如今日[7]，这番险似那番[8]，君不见鸟倦知还？

注释：①**懒慢斋**：是李仁仲的居室名号。②**闹排场**：热闹的排场。**回**：次。③**勤政堂**：泛指官府执勤办理政事的地方。**会**：一会儿。④**急喉咙**：喻急性子。⑤**"掇梯儿"句**：元人口语，意谓不受人怂恿上当受骗。此处比喻不想往上爬。⑥**"梦魂"句**：指觉悟到功名富贵都是虚幻之物。⑦**强**：强健。**如**：不如。清俞越《古书疑义举例·语急例》："古人语急，故有以'如'为'不如'者。"⑧**险似**：险于、险过。

山斋客至图 明·周臣

99 水仙子·嘲少年

shuǐ xiān zǐ cháo shào nián

乔吉

纸糊锹轻吉列枉折尖[1]，肉膘胶干支刺有甚粘[2]，醋葫芦嘴古邦佯装欠[3]。接梢儿虽是谄[4]，抱牛腰只怕伤廉[5]。性儿神羊也似善，口儿密钵也似甜，火块儿也似情忺[6]。

注释：①**轻吉列**：极轻的意思。吉列，语助词。②**膘胶**：即鳔胶，用鱼鳔（鱼泡）做的胶，粘物很牢，俗称鱼胶。肉膘胶，指用干肉做的胶，不能粘物。**干支刺**：干瘪、干枯。支刺，语助词。③**古邦**：形容像葫芦嘴默不出声的样子。**欠**：此处为痴呆义。④**接梢儿**：接过话茬儿，搭腔。**谄**：献媚奉承。⑤**牛腰**：即粗腰，喻有权有势的人。抱牛腰，喻巴结权贵。⑥**神羊**：传说中的独角羊，性忠贞善良。⑦**情忺**：心情欢悦高兴。忺，兴奋。

临宋人画之村童闹学 明·仇英

shuǐ xiān zǐ zhǎn zhuǎn qiū sī jīng mén fù

水仙子·展转秋思京门赋[①]

qiáo jí

乔吉

suǒ chuāng fēng yǔ gǔ jīn qíng mèng rào yún shān shí èr

琐窗风雨古今情[②]，梦绕云山十二

céng xiāng xiāo zhú àn rén chū dìng jiǔ xǐng shí chóu wèi

层[③]，香销烛暗人初定。酒醒时愁未

xǐng sān bān ér ái bù dào tiān míng chán de luó wéi jìng

醒，三般儿挨不到天明[④]：瀺地罗帏静[⑤]，

sēn de yuān bèi lěng hū de xīn téng

森地鸳被冷[⑥]，忽地心疼。

注释：①**展转**：同辗转。辗转反侧，卧不安席。②**琐窗**：镂刻有连锁图案的窗棂。③**云山**：云雾缭绕的高山。④**三般儿**：指下文的罗帏静、鸳被冷和心疼。⑤**瀺地**：无端地、突然地、平白无故地。**帏**：帐幕。⑥**森地**：阴森寒凉。

月曼清游图之八　清·陈枚

101

shuǐ xiān zǐ xún méi

水仙子·寻梅

qiáo jí

乔吉

dōng qián dōng hòu jǐ cūn zhuāng xī běi xī nán liǎng lǚ

冬前冬後几村庄，溪北溪南两履

shuāng shù tóu shù dǐ gū shān shàng lěng fēng lái hé chù

霜，树头树底孤山上[①]。冷风来何处

xiāng hū xiāng féng gǎo mèi xiāo cháng jiǔ xǐng hán jīng mèng

香？忽相逢缟袂绡裳[②]。酒醒寒惊梦，

dí qī chūn duàn cháng dàn yuè hūn huáng

笛凄春断肠[③]，淡月昏黄[④]。

注释：①**孤山：**在杭州西湖中，山多梅花。宋初爱梅诗人林逋曾隐居山中，作咏梅诗，有名句“暗香浮动月黄昏”。孤山梅由此著称于世。②**缟袂绡裳：**白绢做的衣袖，薄绸做的下衣。形容梅花的美艳。③**笛凄春断肠：**化用宋连静女《武陵春》词句“笛声里声声不忍听，浑似断肠声”诗意。④**淡月昏黄：**化用林逋诗句“暗香浮动月黄昏”诗意。

西郊寻梅图　清·禹之鼎

102

shuǐ xiān zǐ　mù chūn jí shì

水仙子·暮春即事

qiáo jí

乔吉

fēng chuī sī yǔ xùn chuāng shā　tái huò sū ní zàng luò
风吹丝雨噀窗纱①，苔和酥泥葬落
huā　juǎn yún gōu yuè lián chū guà　yù chāi xiāng jìng huá
花②，卷云钩月帘初挂。玉钗香径滑③，
yàn cáng chūn xián xiàng shuí jiā　yīng lǎo xiū xún bàn　fēng hán
燕藏春衔向谁家？莺老羞寻伴，蜂寒
lǎn bào yá　tí shà jī yā
懒报衙④，啼煞饥鸦。

注释：①噀：喷。②酥泥：松软的泥土。③玉钗：此处代指美女。④报衙：本指旧时官吏打鼓升堂，开始治事。此处指蜜蜂采蜜。

十二金钗图之林黛玉葬花　清·费丹旭

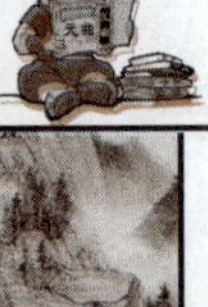

103

水仙子·为友人作

乔吉

搅柔肠离恨病相兼，重聚首佳期卦怎占①，豫章城开了座相思店②。闷勾肆儿逐日添③，愁行货顿塌在眉尖④。税钱比茶船上欠⑤，斤两去等秤上掂⑥，吃紧的历册般拘钤⑦。

注释：①**卦怎占**：怎样才能占一个好卦？②**豫章城**：今江西省南昌市。③**勾肆**：勾栏瓦肆，宋代兴起的伎人俳优的卖艺场所。此句是比喻相思的愁闷与日俱增。④**行货**：货物、商品，此处指忧愁烦恼。**顿塌**：囤积堆聚。⑤**欠**：少。此句意谓大量的相思债比之贩茶船所交纳的茶税可能要少一点。⑥**等秤**：即戥秤，古代用来称金、银或药材的小秤。⑦**吃紧的**：又作“赤紧的”，的确、实在。**历册**：指商家的账簿。**拘钤**：钳制、管制、拘束。钤，锁。此句形容相思之苦把人折磨得惶惶不可终日。

煮茶论画图　明·仇英

104

shuǐ xiān zǐ　yuàn fēng qíng

水仙子·怨风情[①]

qiáo jí
乔吉

yǎn qián huā zěn de jiē lián zhī　méi shàng suǒ xīn jiào
眼前花怎得接连枝[②]，眉上锁新教
pèi yào shí　miáo bǐ ér gōu xiāo le shāng chūn shì　mèn hú
配钥匙[③]，描笔儿勾销了伤春事。闷葫
lú jiǎo duàn xiàn ér　jǐn yuān yāng bié duì le gè xióng cí
芦铰断线儿[④]，锦鸳鸯别对了个雄雌。
yě fēng ér nán xún mì　xiē hǔ ér gān hài sǐ　cán
野蜂儿难寻觅[⑤]，蝎虎儿干害死[⑥]，蚕
yǒng ér bì bà le xiāng sī
蛹儿毕罢了相思[⑦]。

注释：①**怨风情**：意为因失恋而伤怨。②**连枝**：连理枝。比喻男女相爱不分开如树枝紧相连。③**眉上锁**：形容紧皱的双眉如锁难打开。④**闷葫芦**：比喻像闷在葫芦里不知所就。⑤**野蜂**：指用情不专一的负心男人。⑥**蝎虎**：即壁虎，又名守宫。古人认为把用丹砂喂养的蝎虎捣碎，粘在未婚女子身上，如不和男人交接，就终身不灭去。故用此表示守贞节。**干害死**：白白地被坑害死。⑦**“蚕蛹儿”句**：以蚕成蛹不能再吐丝，比喻不再相思，表示对爱情完全绝望。

人物山水图　明·尤　求

105

水仙子·咏雪

shuǐ xiān zǐ yǒng xuě

乔吉（qiáo jí）

冷无香柳絮扑将来，冻成片梨花拂不开，大灰泥漫不了三千界①。银棱了东大海②，探梅的心禁难挨③。面瓮儿里袁安舍④，盐罐儿里党尉宅⑤，粉缸儿里舞榭歌台⑥。

lěng wú xiāng liǔ xù pū jiāng lái, dòng chéng piàn lí huā fú bù kāi, dà huī ní màn bù liǎo sān qiān jiè. yín léng le dōng dà hǎi, tàn méi de xīn jìn nán ái. miàn wèng ér lǐ yuán ān shè, yán guàn ér lǐ dǎng wèi zhái, fěn gāng ér lǐ wǔ xiè gē tái.

注释：①**灰泥**：白石灰的省称，形容雪花像白灰一般又白又厚。**三千界**：佛家语，即三千大千世界。佛教以须弥山为中心，以铁围山为外郭，称为一小千世界，一千个小世界合起来为中千世界，一千个中千世界合起来为大千世界，总称三千大千世界。此处形容广大无边的世界。②**"银棱"句**：意谓大雪给东大海涂上了一层白银。棱，镶，镀。③**探梅的**：指踏雪寻梅的孟浩然。**心禁**：指冷得心里直打哆嗦。禁，通噤。④**袁安舍**：袁安的住所。袁安，字邵公，东汉人。入仕前，一次特大暴风雪封住了袁安住处的门，洛阳县令以为袁安已死，派人清除积雪，进屋後见袁安僵卧在内，原因是不想出外求援乞食，甘愿在家忍饥挨饿。此处以袁安舍代贫士。全句意思是贫士的房屋为雪所掩，就像藏在面粉瓮里一样。⑤**"盐罐儿"句**：意谓党太尉的住宅像在盐罐里。党尉，指党进，北宋人，官居太尉。到下雪时，便和宠妾趁雪景在家饮酒作乐。⑥**"粉缸儿"句**：意谓舞榭歌台像铺在粉缸里。

踏雪寻梅图·杨柳青年画

106

水仙子·嘲楚仪[①]

乔吉

顺毛儿扑撒翠鸾雏[②]，暖水儿温存比目鱼[③]，碎砖儿垒就阳台路[④]。望朝云思暮雨，楚巫娥偷取些工夫[⑤]。殢酒人归未[⑥]，停歌月上初。今夜何如？

注释：①**楚仪：**指当时名妓李芝仪。乔吉所作的209首小令中，咏楚仪的，有七首之多。②**扑撒：**轻轻拍打、抚拭。**鸾雏：**子鸾。③**比目鱼：**也叫偏口鱼。鱼身体扁平，长成後两眼逐渐移到头部的一侧，平卧在海底。旧时说，因为这种鱼仅有一只眼，必须两条鱼紧靠在一起，才能在水中游行。《尔雅·释地》："东方有比目鱼焉，不比不行。"古诗文中常以比目鱼两两在一起比喻情人形影不离，相互厮守。④**阳台：**见宋玉《高唐赋序》："妾在巫山之阳，高丘之阻，旦为行云，暮为行雨，朝朝暮暮，阳台之下。"後因以阳台作为男女合欢之处。⑤**巫娥：**即《高唐赋序》中自荐于楚王的巫山神女。此喻指楚仪。⑥**殢酒：**沉溺于酒而受阻滞。殢，困扰、纠缠不清。

人物山水图　明·尤求

107

水仙子·乐清箫台[1]

乔吉

枕苍龙云卧品清箫[2]，跨白鹿春酣醉碧桃[3]，唤青猿夜拆烧丹灶[4]。二千年琼树老[5]，飞来海上仙鹤。纱巾岸天风细[6]，玉笙吹山月高，谁识王乔[7]？

注释： ①**乐清箫台**：传说中萧史、弄玉吹箫引凤之台。②**苍龙**：形容苍劲的松柏。**云卧**：高卧于云间，即指隐居。**品**：吹奏。③**白鹿**：仙鹿，传说鹿满五百岁则毛色白。《艺文类聚》引《濑乡记》："老子乘白鹿，下托于李母也。"**春酣**：春盛、春浓。④**烧丹灶**：炼丹的炉灶，道家认为炼丹可以成仙。⑤**琼树**：仙树。《庄子》："南方有鸟，其名为凤，所居积石千里，天为生食，其树为琼枝，高百仞。"⑥**纱巾岸**：指把头巾推起，露出前额。形容简率不拘。岸，露额。⑦**王乔**：即仙人王子乔。据《列仙传》载："王子乔，周灵王太子晋也。好吹笙作凤凰鸣。道士浮丘公接以上嵩山。"

吹箫仕女图　明·唐寅

108

折桂令·寄远

乔吉

怎生来宽掩了裙儿[1]？为玉削肌肤[2]，香褪腰肢[3]。饭不沾匙，睡如翻饼，气若游丝。得受用遮莫害死[4]，果诚实有甚推辞[5]？干闹了多时[6]，本是结发的欢娱，倒做了彻骨儿相思。

注释：①怎生：为什么。②为：因为。削：减。③褪：缩细，削减。④得受用：指夫妻生活、感情的满足。遮莫：任凭，即使。⑤果诚实：如果真是这样真心诚意。⑥干：白白地、徒然地。

山水人物图　清·袁　江

109 折桂令·赠罗真真[1]

zhé guì lìng zèng luó zhēn zhēn

乔吉

罗浮梦里真仙[2]，双锁螺鬟，九晕珠钿[3]。晴柳纤柔，春葱细腻，秋藕匀圆。酒盏儿里央及出些腼腆[4]，画帧儿上唤下来的婵娟[5]。试问尊前，月落参横[6]，今夕何年？

（luó fú mèng lǐ zhēn xiān，shuāng suǒ luó huán，jiǔ yùn zhū diàn。qíng liǔ xiān róu，chūn cōng xì nì，qiū ǒu yún yuán。jiǔ zhǎn ér lǐ yāng jí chū xiē miǎn tiǎn，huà zhèng ér shàng huàn xià lái de chán juān。shì wèn zūn qián，yuè luò shēn héng，jīn xī hé nián？）

注释： ①**罗真真**：似是一位歌妓。②**罗浮梦**：据柳宗元《龙城录》："赵师雄迁罗浮，梦中遇见仙女，醒来，在大槐树下，当时月落参横。"③**九晕珠钿**：形容所戴首饰光芒四射。九，言其多。晕，日、月的外层光圈。④**央及**：累及、带累。⑤**画帧**：画卷。帧，同帧。**婵娟**：指美女。⑥**参横**：参为二十八宿星之一。参星横在一边，是天快要亮的时候。

罗浮梦景图　清·费丹旭

110 折桂令·七夕赠歌者（一）[1]

zhé guì lìng qī xī zèng gē zhě yī

qiáo jí
乔吉

cuī huī xiū xiě dān qīng yǔ ruò yún jiāo shuǐ xiù shān míng zhù diǎn gē chún cōng zhī xiān shǒu hǎo gè qīng qīng shuǐ sǎ bù zháo chūn zhuāng zhěng zhěng fēng chuī de dǎo yù lì tíng tíng qiǎn zuì wēi xǐng shuí bàn yún píng jīn yè xīn liáng wò kàn shuāng xīng

崔徽休写丹青[2]，雨弱云娇，水秀山明。箸点歌唇[3]，葱枝纤手，好个卿卿[4]。水洒不着春妆整整[5]，风吹的倒玉立亭亭[6]。浅醉微醒，谁伴云屏？今夜新凉，卧看双星[7]。

注释：①**七夕**：农历七月初七，相传牛郎织女这一夜在天河相会。②**崔徽**：唐代歌妓，善画。**写**：此指绘画。③**箸**：筷子。这里以箸点形容唇小。④**卿卿**：对亲爱者的昵称。⑤**春妆**：盛妆。⑥**玉立亭亭**：形容女子身材纤长秀美。⑦**双星**：指牛郎、织女星。

山水人物图之七夕密语　清·袁江

111 折桂令·七夕赠歌者（二）

乔吉

黄四娘沽酒当垆①，一片青旗②，一曲骊珠③。滴露和云，添花补柳，梳洗工夫④。无半点闲愁去处⑤，问三生醉梦何如⑥。笑倩谁扶⑦，又被春纤⑧，搅住吟须⑨。

注释：①黄四娘：借指当垆卖酒的美貌女子。当垆：古时酒店垒土为垆，安放酒瓮，卖酒人坐在垆边，叫当垆。②青旗：指酒旗。唐元稹《和乐天重题别东楼》："卖炉高挂小青旗"。③骊珠：一种珍贵的宝珠，传说出自骊龙颔下。此处比喻婉转动听的歌声。④"滴露和云"三句：描述梳妆打扮的精细。⑤去处：地方。⑥三生醉梦：沉醉的梦乡。三生，前生、今生、来生。⑦倩：请。⑧春纤：女子娇嫩细长的手指。⑨吟须：诗人的胡须。作者自指。搅住吟须，有求诗之意。

天河配·杨柳青年画

折桂令

乔吉

雨窗寄刘梦鸾赴宴以侑尊云[1]

妒韶华风雨潇潇[2]，管月犯南箕[3]，水漏天瓢。湿金缕莺裳，红膏燕嘴，黄粉蜂腰。梨华梦龙绡泪今春瘦了[4]，海棠魂羯鼓声昨夜惊着[5]。极目江皋[6]，锦涩行云，香暗归潮[7]。

注释：①**刘梦鸾：**当为歌妓，生平不详。**侑尊：**在筵席上助兴，劝酒或陪侍。②**韶华：**美好时光。③**管：**管他什么。**月犯南箕：**指起风。箕，星名，二十八宿之一，主风。旧说，月遇箕宿是起风的征兆。犯，遭遇。④**龙绡：**鲛绡。“南海出鲛绡纱，……一名龙纱，以为服，入水不濡。”此句意谓雨水滴在梨花上，如鲛人流泪，而梨花纷纷谢落，使春天也显得瘦了。⑤**羯鼓声：**相传唐明皇最爱羯鼓技艺。一次，仲春二月，连雨数日，天刚放晴，明皇击羯鼓而叶吐花发。⑥**极目江皋：**放眼看江岸。⑦**“锦涩”二句：**意谓美丽的行云因下雨而凝滞，淡淡的花香随晚潮而归来。

击鼓催花　清·周慕桥

113 折桂令·丙子游越怀古[①]

乔吉

蓬莱老树苍云[②]，禾黍高低，狐兔纷纭[③]。半折残碑，空馀故址，总是黄尘。东晋亡也再难寻个右军[④]，西施去也绝不见甚佳人。海气长昏，啼鴂声干[⑤]，天地无春。

注释：①丙子：元顺帝至元二年（1336年）。②蓬莱：绍兴有蓬莱阁，旧址在龙山下。此处泛指越中一带，古人常赞这一带为人间仙境。③“禾黍”句：暗用《诗·王风·黍离》诗意。诗中描写过去的宗庙宫室禾黍遍地，一片荒凉。借以哀叹故国衰亡。④右军：东晋王羲之，官至右军将军。⑤啼鴂：鸟名，即鶗鴂，又名杜鹃、伯劳、子规。

右军爱鹅图 清·钱慧安

114

殿前欢·登江山第一楼[1]

diàn qián huān dēng jiāng shān dì yī lóu

乔吉

qiáo jí

拍栏杆，雾花吹鬓海风寒，浩歌惊得浮云散[2]。细数青山，指蓬莱一望间。纱巾岸[3]，鹤背骑来惯[4]。举头长啸，直上天坛[5]。

pāi lán gān, wù huā chuī bìn hǎi fēng hán, hào gē jīng de fú yún sàn. xì shǔ qīng shān, zhǐ péng lái yī wàng jiān. shā jīn àn, hè bèi qí lái guàn. jǔ tóu cháng xiào, zhí shàng tiān tán.

注释：①**江山第一楼**：指镇江北固山甘露寺内的多景楼，宋代著名书法家米芾赞之为“天下江山第一楼。”②**浩歌**：放声歌唱。③**纱巾岸**：把纱巾掀起露出前额，表示态度洒脱。纱巾，即头巾。岸，此指露额。④**鹤背骑**：即骑鹤背。此指骑鹤升仙。⑤**天坛**：王屋山主峰有天坛，相传为黄帝祈天求雨处，唐司马祯在此修行得道。

观潮图 清·袁江

115 清江引·笑靥儿①

qīng jiāng yǐn xiào yè ér

乔吉

凤酥不将腮斗儿匀②，巧倩含娇俊③。红镌玉有痕，暖嵌花生晕④。旋窝儿粉香都是春。

fèng sū bù jiāng sāi dǒu ér yún，qiǎo qiàn hán jiāo jùn。hóng juān yù yǒu hén，nuǎn qiàn huā shēng yùn。xuán wō ér fěn xiāng dōu shì chūn。

注释：①**笑靥儿**：酒窝儿。②**凤酥**：凤膏，化妆品。**匀**：抹、擦（脂粉）。③**巧倩**：美好的笑靥。语出《诗·硕人》："巧笑倩兮。"④**"红镌"句**：形容红润面颊上的笑靥有如在红玉上刻下的痕迹。镌，雕刻。

116 卖花声①·悟世

mài huā shēng wù shì

乔吉

肝肠百炼炉间铁②，富贵三更枕上蝶③，功名两字酒中蛇④。尖风薄雪⑤，残杯冷炙⑥，掩清灯竹篱茅舍。

gān cháng bǎi liàn lú jiān tiě，fù guì sān gēng zhěn shàng dié，gōng míng liǎng zì jiǔ zhōng shé。jiān fēng bó xuě，cán bēi lěng zhì，yǎn qīng dēng zhú lí máo shè。

注释：①**卖花声**：双调曲牌。定格句式：七七七、四四七。②**"肝肠"句**：形容经过种种磨难心肠变得像炉间铁一般冷漠生硬。③**"富贵"句**：形容荣华富贵像一场虚幻的梦境。枕上蝶，即庄周梦中化蝶的典故。④**酒中蛇**：即杯弓蛇影。据《晋书·乐广传》载，乐广有个朋友长期没有到乐广处来，乐广问其故，说是在上次参加乐广的酒宴时看到杯中有蛇，回去就病了。乐广告诉他，那是墙上的弓影，其友才豁然大悟，病也好了。⑤**尖风**：刺骨的寒风。⑥**残杯冷炙**：剩酒和冷菜。指生活清贫、窘困。**炙**：烤、烹调。

元曲三百首

cháo tiān zǐ　xiǎo wá pí pá

117 朝天子[①]·小娃琵琶

qiáo jí
乔吉

nuǎn hōng　zuì róng　bī zā de fāng xīn dòng　chú
暖烘，醉容，逼匝的芳心动[②]。雏

yīng shēng zài xiǎo lián lóng　huàn xǐng huā qián mèng　zhǐ jiǎ xiān
莺声在小帘栊[③]，唤醒花前梦。指甲纤

róu　méi ér qīng zòng　hé xiāng sī qǔ wèi zhōng　yù
柔，眉儿轻纵，和相思曲未终。玉

cōng　cuì fēng　jiāo qiè pí pá zhòng
葱，翠峰[④]，娇怯琵琶重[⑤]。

注释：①**朝天子：**中吕宫曲名。又名谒金门、朝天曲。句式：二二五、七五、四四五、二二五。②**逼匝：**犹逼迫。在狭小的范围内紧紧围住，或迫近纠缠，让人不能自主。③**小帘栊：**垂挂着帘子的小窗。④**玉葱：**形容手指白嫩纤细，有如玉葱。**翠峰：**形容高耸的发髻。⑤**“娇怯”句：**意指娇弱的小姑娘似乎难以承受琵琶的重量。赞美她人小而技艺娴熟。

姚大梅诗意图之下马弹琴　清·任　熊

118 山坡羊·寄兴

乔吉

鹏抟九万①，腰缠十万，扬州鹤背骑来惯②。事间关③，景阑珊，黄金不富英雄汉。一片世情天地间④。白，也是眼；青，也是眼⑤。

注释：①鹏抟九万：《庄子·逍遥游》："鹏之徙于南冥也，水击三千里，抟扶摇而上者九万里。"抟，盘旋。这里是比喻仕途发迹，扶摇直上。②"腰缠"二句：南朝梁殷芸《殷芸小说》载："有客相从，各言所志。或愿为扬州刺史，或愿多资财，或愿骑鹤上升。其一人曰：'腰缠十万贯，骑鹤上扬州。'欲兼三者。"二句化用上面故事。③事间关：喻事情有曲折，不顺利。④世情：这里指世态炎凉，化用杜甫诗句："世情恶衰歇，万事随转烛。"⑤白、青眼：晋代阮籍，对他所轻视、厌恶的人用白眼相看；对他所器重、喜爱的人，则以青眼相看。

竹林七贤图·杨柳青年画

119 shān pō yáng dōng rì xiě huái yī

山坡羊·冬日写怀（一）

qiáo jí
乔吉

zhāo sān mù sì, zuó fēi jīn shì, chī ér bù jiě róng kū shì, zǎn jiā sī, chǒng huā zhī, huáng jīn zhuàng qǐ huāng yín zhì, qiān bǎi dìng mǎi zhāng zhāo zhuàng zhǐ. shēn, yǐ zhì cǐ; xīn, yóu wèi sǐ.

朝三暮四，昨非今是，痴儿不解荣枯事①。攒家私②，宠花枝③，黄金壮起荒淫志，千百锭买张招状纸④。身，已至此；心，犹未死。

注释：①**荣枯事**：事物兴衰变化的道理。②**攒**：积攒。此指不择手段非法积累私财。③**宠花枝**：指贪恋喜爱女色。④**锭**：五两或十两金银为一锭。**招状纸**：指犯人供认罪行的文书。

120 shān pō yáng dōng rì xiě huái èr

山坡羊·冬日写怀（二）

qiáo jí
乔吉

dōng hán qián hòu, xuě qíng shí hòu, shuí rén xiāng bàn méi huā shòu? diào áo zhōu, lǎn tīng zhōu, lǜ suō bù nài fēng shuāng tòu, tóu zhì yǒu yú lái shàng gōu. fēng, chuī pò tóu; shuāng, cūn pò shǒu.

冬寒前後，雪晴时候，谁人相伴梅花瘦？钓鳌舟①，缆汀洲②，绿蓑不耐风霜透，投至有鱼来上钩③。风，吹破头；霜，皴破手④。

注释：①**鳌**：海中的大龟或大鳖，此处泛指大鱼。後也以钓鳌喻抱负远大或举止豪迈。②**缆**：此指系船。③**投至**：待到，等到。④**皴**：皮肤受冻裂开。

121 小桃红·赠朱阿娇[1]

xiǎo táo hóng zèng zhū ā jiāo

qiáo jí
乔吉

yù jīn xiāng rǎn hǎi táng sī yún nì gōng yā chì
郁金香染海棠丝[2]，云腻宫鸦翅[3]，

cuì yè méi ér huà xīn zì xǐ zī zī sī kōng xiū
翠靥眉儿画心字[4]。喜孜孜[5]，司空休

zuò xún cháng shì zūn qián dàn dé shēn biān fú shì
作寻常事[6]。樽前但得[7]，身边服侍，

shuí gǎn xiǎng nà xiē ér
谁敢想那些儿。

注释：①**朱阿娇：**当时名妓。②**郁金香：**花名，香气浓郁。③**云腻：**喻头发蓬松润滑。**宫鸦翅：**指把头发高高盘成“宫鸦翅”式的发髻。④**翠靥：**指拿翠、碧色的颜料描眉和点画眉心。⑤**喜孜孜：**心中充满喜悦。⑥**“司空”句：**化用刘禹锡诗“司空见惯浑闲事，断尽江南刺史肠”句意。这里是说见惯歌妓的人不要把朱阿娇当作平常妓女对待，她有着不同寻常的魅力。⑦**樽前：**宴席上。

听雨观花图 清·佚名

xiǎo táo hóng chūn guī yuàn

小桃红·春闺怨

qiáo jí

乔吉

yù lóu fēng zhǎn xìng huā shān jiāo qiè chūn hán zhuàn
玉楼风飐杏花衫①，娇怯春寒赚②，
jiǔ bìng shí zhāo jiǔ zhāo qiàn shòu yán yán chóu nóng nán
酒病十朝九朝嵌③。瘦岩岩④，愁浓难
bǔ méi ér dàn xiāng xiāo cuì jiǎn yǔ hūn yān àn fāng
补眉儿淡。香消翠减，雨昏烟暗，芳
cǎo biàn jiāng nán
草遍江南。

注释：①**飐**：风吹使物动。**杏花衫**：粉红色的衣衫。②**赚**：欺诳、哄骗。**春寒赚**：被春寒所侵袭。③**酒病**：饮酒沉醉如病。**嵌**：深陷，严重。④**岩岩**：瘦削之意。

xiǎo táo hóng shào xīng yú hóu suǒ fù

小桃红·绍兴于侯索赋①

qiáo jí

乔吉

zhòu cháng wú shì bù shū xián wèi wǔ yá xiān sàn
昼长无事簿书闲②，未午衙先散③。
yī jùn jū mín èr shí wàn bào píng ān qiū liáng xià shuì
一郡居民二十万。报平安，秋粮夏税
duō jiē ér bàn zhí huā wén xiàng jiǎn píng qín táng shū
咄嗟儿办④。执花纹象简⑤，凭琴堂书
àn rì rì kàn qīng shān
案⑥，日日看青山。

注释：①**于侯**：就是于君之义。其人生平不详。侯，古时士大夫之间对对方的尊称，犹称"君"、"公"。②**簿书**：官府文书。③**衙**：官署，衙门。**未午衙先散**：是说还没有到中午官衙就不办公了，说明公事很少。④**咄嗟**：一呼一吸之间，形容时间短暂、快捷。**咄嗟儿办**：指很快就办完。⑤**象简**：官员上朝时手执的象牙板。⑥**琴堂**：《吕氏春秋·察贤》："宓子贱治单父，弹鸣琴，身不下堂，而单父治。"後以称颂县令，谓其公署为琴堂。

124 小桃红·晓妆

xiǎo táo hóng xiǎo zhuāng

qiáo jí
乔吉

gàn yún fēn cuì lǒng xiāng sī yù xiàn jiè gōng yā chì
绀云分翠拢香丝[①]，玉线界宫鸦翅[②]。

lù lěng qiáng wēi xiǎo chū shì dàn yún zhī jīn bì nì diǎn lán yān zhǐ
露冷蔷薇晓初试，淡匀脂。金篦腻点兰烟纸[③]。

hán jiāo yì sī tì rén xū shì qīn shǒu huà méi ér
含娇意思，殢人须是[④]，亲手画眉儿。

注释：①绀云：天青色的云，比喻秀发。绀，深青色。②玉线：女性梳头将发辫分开的中分线，因露出头皮呈白色故美称玉线。界：划分开。③篦：一种比梳子密的梳头用具。腻点：仔细衬饰。兰烟纸：指薄薄的一层润发香油。④殢人：纠缠困扰人。须是：却是。

柳下晓妆图　清·陈崇光

125 凭栏人·金陵道中①

píng lán rén jīn líng dào zhōng

qiáo jí
乔吉

shòu mǎ tuó shī tiān yī yá juàn niǎo hū chóu cūn shù jiā pū tóu fēi liǔ huā yǔ rén tiān bìn huá

瘦马驮诗天一涯②，倦鸟呼愁村数家③。扑头飞柳花④，与人添鬓华⑤。

注释：①**金陵**：今江苏南京市。②**驮**：以牲畜负载。**瘦马驮诗**：此暗用李贺骑驴写诗的故事。指骑马浪游，诗思盈怀。**天一涯**：天一方。③**倦鸟**：倦于飞行的归鸟。陶渊明《归去来辞》："鸟倦飞而知还。"④**扑头**：迎面扑上来。⑤**鬓华**：两鬓的白发。

126 天净沙·即事①

tiān jìng shā jí shì

qiáo jí
乔吉

yīng yīng yàn yàn chūn chūn huā huā liǔ liǔ zhēn zhēn shì shì fēng fēng yùn yùn jiāo jiāo nèn nèn tíng tíng dàng dàng rén rén

莺莺燕燕春春，花花柳柳真真②，事事风风韵韵。娇娇嫩嫩，停停当当人人③。

注释：①**即事**：就眼前事物为题写作。②**真真**：借叠词巧体，暗用美女典故。唐杜荀鹤《松窗杂记》："唐进士赵颜，于画工处得一款障图，一妇人甚丽。……画工曰：'余神画也，此亦有名，曰真真……'。"後以"真真"比喻美女。③**停停当当**：即停当之叠词，妥善、美好。此谓游春的美女打扮得完美妥贴，恰到好处。《朱子语类·论语（二）》："如夫子言文质彬彬，自然停当恰好。"

仕女图之吹奏 明·桂 堇

127 落梅风（luò méi fēng）

周文质（zhōu wén zhì）

鸾凤配，莺燕约①，感萧娘肯怜才貌②。除琴剑又别无珍共宝③，只一片至诚心要也不要？

注释：①鸾凤配，莺燕约：以鸾凤、莺燕的匹配和相约比喻相爱的和谐。②萧娘：六朝以来泛指歌妓或所恋的女性。③琴剑：琴和剑。是古代书生行装中常备之物。唐薛能《送冯温往河外》诗句："琴剑事行装，河关出北方。"

128 落梅风（luò méi fēng）

周文质（zhōu wén zhì）

楼台小，风味佳，动新愁雨初风乍①。知不知对春思念他，倚栏杆海棠花下？

注释：①雨初风乍：雨刚开始下，风忽然刮起。乍：刚刚。

仕女图之捶丸　明·杜堇

129

luò méi fēng
落梅风

guàn yún shí
贯云石

xīn qiū zhì, rén zhà bié[1]。shùn cháng jiāng shuǐ liú cán
新秋至，人乍别[1]。顺长江水流残
yuè。yōu yōu huà chuán dōng qù yě[2]！zhè sī liáng qǐ tóu ér
月。悠悠画船东去也[2]！这思量起头儿
yī yè[3]。
一夜[3]。

注释：①**乍别：**刚刚分别。②**悠悠：**悠闲自在的样子，也可作远解。③**思量：**指怀念、挂记的思绪。**起头儿一夜：**指分别的第一夜。

弄棹荷塘图　清·佚名

130

红绣鞋[1]

贯云石

挨着靠着云窗同坐，看着笑着月枕双歌[2]，听着数着愁着怕着早四更过[3]。四更过，情未足；情未足，夜如梭[4]。天哪，更闰一更儿妨甚么[5]？

注释：①**红绣鞋**：又名《朱履曲》，中吕宫曲牌。②**月枕**：指月牙形的枕头。③**听着数着愁着怕着**：指听更鼓，数更声，愁天明，怕离别。④**夜如梭**：夜间如织梭般逝去，比喻光阴飞逝。⑤**更闰一更**：更加一个更次，就是再将夜晚时间延长一个更次的时间。闰，指延长。

雁天赏月图 清·佚名

131　殿前欢（一）

贯云石

畅幽哉①，春风无处不楼台。一时怀抱俱无奈②，总对天开③。就渊明归去来④，怕鹤怨山禽怪⑤。问甚功名在！酸斋笑我，我笑酸斋⑥。

注释：①**畅幽哉**：即真幽雅。②**一时**：一时间。**怀抱**：胸襟、抱负。**无奈**：无可奈何，不知如何是好。③**总**：全，皆。**对天开**：向天表白。开，一一陈说。④**就**：趋就。⑤**鹤怨山禽怪**：指原来隐居林泉的周颙，後来又出山做官，惹得山林中与他相处的白鹤、猿猴都感到吃惊和怨愤。这里反其意而用之，是表明其归隐之志已决。⑥**酸斋**：作者自号。

132　殿前欢（二）

贯云石

怕西风，晚来吹上广寒宫①。玉台不放香奁梦②，正要情浓③。此时心造物同④，听甚《霓裳弄》。酒後黄鹤送⑤。山翁醉我⑥，我醉山翁。

注释：①**广寒宫**：月上仙宫。据柳宗元《龙城录》载唐明皇游月宫传说，称明皇在月宫闻仙乐，後据追忆谱成《霓裳羽衣曲》，即《霓裳弄》。②**玉台**：即玉镜台。**香奁**：古代妇女梳妆用的镜匣。③**正要**：只要、仅要。④**造物**：本意指天造万物，这里为“万物”义。⑤**酒後黄鹤送**：据梁·任昉《述异记》：黄鹤载羽衣虹裳仙子至荀环处，“宾主对饮，已而辞去，跨鹤腾空。”⑥**山翁**：指晋代山简，因天下大乱，借酒忘忧，动辄烂醉如泥。此处作者用以自代。

133

塞鸿秋[1]·代人作

sài hóng qiū dài rén zuò

贯云石

guàn yún shí

战西风遥天几点宾鸿至[2]，感起我南朝千古伤心事[3]。展花笺欲写几句知心事，空教我停霜毫半晌无才思[4]。往常得兴时，一扫无瑕疵[5]。今日个病恹恹刚写下两个相思字[6]。

zhàn xī fēng yáo tiān jǐ diǎn bīn hóng zhì, gǎn qǐ wǒ nán cháo qiān gǔ shāng xīn shì. zhǎn huā jiān yù xiě jǐ jù zhī xīn shì, kōng jiào wǒ tíng shuāng háo bàn shǎng wú cái sì. wǎng cháng dé xìng shí, yī sǎo wú xiá cī. jīn rì gè bìng yān yān gāng xiě xià liǎng gè xiāng sī zì.

注释：①**塞鸿秋：**正宫调曲牌。句式为：七七七七、五五七。②**战：**惧怕。**宾鸿：**鸿，候鸟，每秋到南方来过冬。《礼记·月令》："季秋之月，鸿雁来宾。"古人以仲秋（农历八月）先来之雁为主，季秋（农历九月）後来之雁为宾 。故称"宾鸿"。③**感起我：**使我思念起。**南朝：**指宋、齐、梁、陈四朝，都建都在南方的健康（今江苏南京市）。四代君主多荒淫误国，王朝频繁迭替。④**霜毫：**洁白的兔毛制成的毛笔。⑤**一扫无瑕疵：**一挥而就，文不加点，没有毛病。⑥**病恹恹：**精神萎靡不振的样子。

仿古山水图　清·上　睿

134

zhài ér lìng
寨儿令

xiān yú bì rén
鲜于必仁

hàn zǐ líng jìn yuān míng èr rén dào jīn xiāng hàn
汉子陵①，晋渊明，二人到今香汗

qīng diào sǒu shuí chēng nóng fǔ shuí míng qù jiù yī bān
青②。钓叟谁称，农父谁名，去就一般

qīng wǔ liǔ zhuāng yuè lǎng fēng qīng qī lǐ tān làng wěn
轻③。五柳庄月朗风清④，七里滩浪稳

cháo píng zhé yāo shí xīn yǐ kuì shēn jiǎo chù mèng xiān jīng
潮平⑤。折腰时心已愧，伸脚处梦先惊⑥。

tīng qiān wàn gǔ shèng xián píng
听，千万古圣贤评。

注释：①**子陵：**即东汉隐士严光，字子陵。②**香汗青：**指流芳于史册。**汗青：**指史册。古人在竹简上记事，须用火将青竹片烤出水分才容易书写，故称竹简为汗青。③**去就：**去留，进退。④**五柳庄：**陶渊明居归隐处。陶渊明因宅旁有柳树五株，自号“五柳先生”。⑤**七里滩：**东汉严子陵隐居垂钓的地方。⑥**伸脚处梦先惊：**严子陵隐居富春山，汉光武帝刘秀曾把他召去，并同卧一榻。睡熟後严把脚伸在光武帝肚皮上。曲中用此典故，意为陪伴君王动辄肉跳心惊，很不自在。

粉彩子陵坐钓图　瓷板画

135

折桂令·诸葛武侯[1]

zhé guì lìng zhū gě wǔ hóu

鲜于必仁

xiān yú bì rén

草庐当日楼桑[2]，任虎战中原[3]，龙卧南阳[4]。八阵图成[5]，三分国峙[6]，万古鹰扬[7]。《出师表》谋谟庙堂[8]，《梁甫吟》感叹岩廊[9]。成败难量，五丈秋风[10]，落日苍茫。

cǎo lú dāng rì lóu sāng, rèn hǔ zhàn zhōng yuán, lóng wò nán yáng. bā zhèn tú chéng, sān fēn guó zhì, wàn gǔ yīng yáng. chū shī biǎo móu mó miào táng, liáng fǔ yín gǎn tàn yán láng. chéng bài nán liáng, wǔ zhàng qiū fēng, luò rì cāng máng.

注释：①**诸葛武侯**：即诸葛亮，曾被三国时蜀汉後主封为武乡侯，故略称武侯。②**楼桑**：刘备故里，在今河北涿县。③**任**：听凭，无论。**虎战**：形容勇猛作战。④**龙卧南阳**：指隐居的诸葛亮。徐庶称他“卧龙”。南阳，今河南南阳市。⑤**八阵图**：诸葛亮的一种布兵阵法，相传为聚石成阵。⑥**三分国峙**：指诸葛亮辅佐刘备，奠定基业，形成魏、蜀、吴三国鼎立的局面。⑦**鹰扬**：逞威扬威，或大展雄才。⑧**《出师表》**：诸葛亮两次写给蜀後主刘禅的表文，称前後《出师表》。**谋谟庙堂**：为朝廷出谋划策。⑨**《梁甫吟》**：一作《梁父吟》，本为乐府《楚调曲》名。传说为诸葛亮所作。作者以管仲、乐毅自比。**岩廊**：高峻的廊，喻指朝廷。⑩**五丈**：即五丈原，在今陕西岐山县南，斜原口西侧。诸葛亮建兴十三年（234）秋病卒于此。

武侯高卧图 明·朱瞻基

136 殿前欢·懒云窝自叙

diàn qián huān lǎn yún wō zì xù

阿里西瑛

ā lǐ xī yīng

懒云窝[①]，醒时诗酒醉时歌。瑶琴不理抛书卧，无梦南柯[②]。得清闲尽快活，日月似穿梭过，富贵比花开落。青春去也，不乐如何！

注释：①**懒云窝：**作者居所，在吴城（今江苏苏州）东北隅。作者以此为题作曲三首自述，和者甚多。②**无梦南柯：**指无心于功名富贵。**南柯：**唐代李公佐传奇小说《南柯太守传》，写书生淳于棼醉卧中梦至槐安国，成为驸马，尽享荣华富贵，梦醒後才知道梦中的槐安国实为古槐树下一大蚁穴。

137 殿前欢·懒云窝自叙

diàn qián huān lǎn yún wō zì xù

阿里西瑛

ā lǐ xī yīng

懒云窝，客至待如何？懒云窝里和衣卧，尽自婆娑[①]。想人生待则么[②]？贵比我高些个，富比我㥚些个[③]。呵呵笑我，我笑呵呵。

注释：①**婆娑：**舒展、自由、盘旋、逍遥。②**待则么：**将要怎么，意待如何，要待何求。**则么：**即怎么。③**㥚：**义同"憁"，宽裕、宽松。

元曲三百首

138

醉太平
zuì tài píng

曾瑞
zēng ruì

xiāng yāo shì fū xiào yǐn xī nú yǒng jīn mén
相邀士夫[①]，笑引奚奴[②]。涌金门
wài guò xī hú xiě xīn shī diào gǔ sū dī dī shàng xún
外过西湖[③]，写新诗吊古。苏堤堤上寻
fāng shù duàn qiáo qiáo pàn gū líng lù gū shān shān xià chóu
芳树，断桥桥畔沽醽醁[④]，孤山山下酬
lín bū sǎ lí huā mù yǔ
林逋[⑤]。洒梨花暮雨。

注释：①**士夫**：士大夫的略称。指封建社会已入仕和未入仕的文人、士族，也作男子的通称。②**奚奴**：仆役、仆人。③**涌金门**：旧称丰豫门，为杭州城门名。有涌金河通西湖。④**断桥**：又名段家桥，在杭州西湖白堤入口处。**醽醁**：美酒名。⑤**孤山**：在西湖中，处于里、外湖之间，一屿耸立，旁无联附，故名。**酬**：奉和。这里是指诗兴受到林逋的启发。**林逋**：宋初著名隐士，以爱梅著称，隐居于西湖孤山。

西湖纪胜图之孤山　明·孙　枝

139

折桂令·题金山寺[1]

赵禹圭

长江浩浩西来，水面云山[2]，山上楼台。山水相辉，楼台相映，天地安排。诗句就云山动色[3]，酒杯倾天地忘怀[4]。醉眼睁开，遥望蓬莱：一半烟遮，一半云埋。

注释：①金山寺：在江苏镇江市西北的金山上，为东晋时所建。②云山：形容山势高峻，云烟缭绕。③就：指写成。④天地忘怀：意为忘记天地间的一切事物和所有忧愁。

金山寺　清·高岑

140

落梅风

阿鲁威

千年调[1]，一旦空，惟有纸钱灰晚风吹送。尽蜀鹃啼血烟树中[2]，唤不回一场春梦[3]。

注释：①**千年调：**指长久的理想、打算。化用唐王梵志诗“世无百年人，拟作千年调。打铁作门限，鬼见拍手笑”诗意。②**蜀鹃啼血：**传说杜鹃鸟为古蜀国君主望帝的精魂所化成，每年暮春时节，哀啼不止，直到口中流血还不休。③**一场春梦：**比喻繁华似锦的人生到头来空幻如梦。

赏月图　清·丁观鹏

141

水仙子·集句[1]

薛昂夫

几年无事傍江湖，醉倒黄公旧酒垆[2]。人间纵有伤心处，也不到刘伶坟上土[3]，醉乡中不辨贤愚。对风流人物，看江山画图，便醉倒何如！

注释：①集句：将前人的诗句组集成篇。②“几年”二句：为唐陆龟蒙《和袭美春夕酒醒》诗中的句子。傍：接近。黄公旧酒垆：指酣饮的场所。垆，安放酒瓮的土台。《世说新语·伤逝》：王戎“乘轺车经黄公酒垆下过，顾谓後车客：‘吾昔与嵇叔夜、阮嗣宗酣饮于此垆。’”③刘伶：西晋人，“竹林七贤”之一。纵酒放诞，曾著《酒德颂》，自称“唯酒自务”，常乘鹿车，携一壶酒，使人荷锄相随，说“醉死便埋我”。李贺《将进酒》有“劝君终日酩酊醉，酒不到刘伶坟上土。”

江干游赏图　清·华　嵒

142

殿前欢①

diàn qián huān

薛昂夫

xuē áng fū

niǎn bīng zī rào gū shān wǎng liǎo fèi xún sī zì bū xiān qù hòu wú gāo shì lěng luò yōu zī dào méi huā bù yào shī xiū shuō tuī qiāo zì xiào shā pín nán sì zhī tā shì xī shī xiào wǒ wǒ xiào xī shī

捻冰髭②，绕孤山枉了费寻思③。自逋仙去後无高士④，冷落幽姿，道梅花不要诗。休说推敲字⑤，效杀颦难似⑥。知他是西施笑我，我笑西施？

注释：①殿前欢：作者以此调写了《春》《夏》《秋》《冬》四曲，分咏杭州西湖四时游赏情景。所选为第四首，咏西湖冬景。②冰髭：银白色的髭须。捻冰髭形容苦吟。③孤山：北宋诗人林逋在西湖的隐居地多植梅，号“孤山梅”。林逋亦善咏梅之作。④逋仙：指林逋。高士：志行高尚之士。⑤推敲字：用唐代贾岛作诗字斟句酌典故。⑥效杀颦难似：效颦，东施效颦的略语。典出庄子寓言：西施因病常捧心皱眉，益添其美；东施仿效西施捧心皱眉，反添其丑。杀：竭力仿效之意。此二句是说不管怎样费心苦吟，也难以刻画西湖雪景之美。

143

殿前欢

diàn qián huān

薛昂夫

xuē áng fū

zuì guī lái xiù chūn fēng xià mǎ xiào yíng sāi shēng gē jiē dào zhū lián wài yè yàn chóng kāi shí nián qián yī xiù cái huáng jī cài dǎ áo dào wén zhāng bó shī zhǎn chū jiāng hú qì gài dǒu sǒu chū fēng yuè qíng huái

醉归来，袖春风下马笑盈腮。笙歌接到朱帘外，夜宴重开。十年前一秀才，黄齑菜①，打熬到文章伯②。施展出江湖气概③，抖擞出风月情怀④。

注释：①齑菜：指切碎腌制的酱菜、腌菜。此指贫穷清苦的生活。②文章伯：即文章宗伯，对善于写文章又有地位的人的尊称。③江湖气概：指仗义疏财的气量。风月：清风明月，此比喻男女相爱。

144 山坡羊

shān pō yáng

xuē áng fū
薛昂夫

jīng rén xué yè，xiān tiān shì yè，shì yīng xióng chéng bài cán bēi zhì。bìn kān jiē，xuě nán zhē，wǎn lái lǎn jìng zhōng cháng rè。wèn zhe lǎo tiān wú huà shuō。dōng，chén zuì yě；xī，chén zuì yě。

惊人学业，掀天势业[1]，是英雄成败残杯炙[2]。鬓堪嗟，雪难遮[3]，晚来览镜中肠热[4]。问着老天无话说。东，沉醉也；西，沉醉也。

注释：①**势业**：权势、事业。此句形容功业伟大。②**残杯炙**：即残杯冷炙，残剩的酒食。喻指施舍物。③**雪**：指白发如雪。④**中肠热**：内心发热。

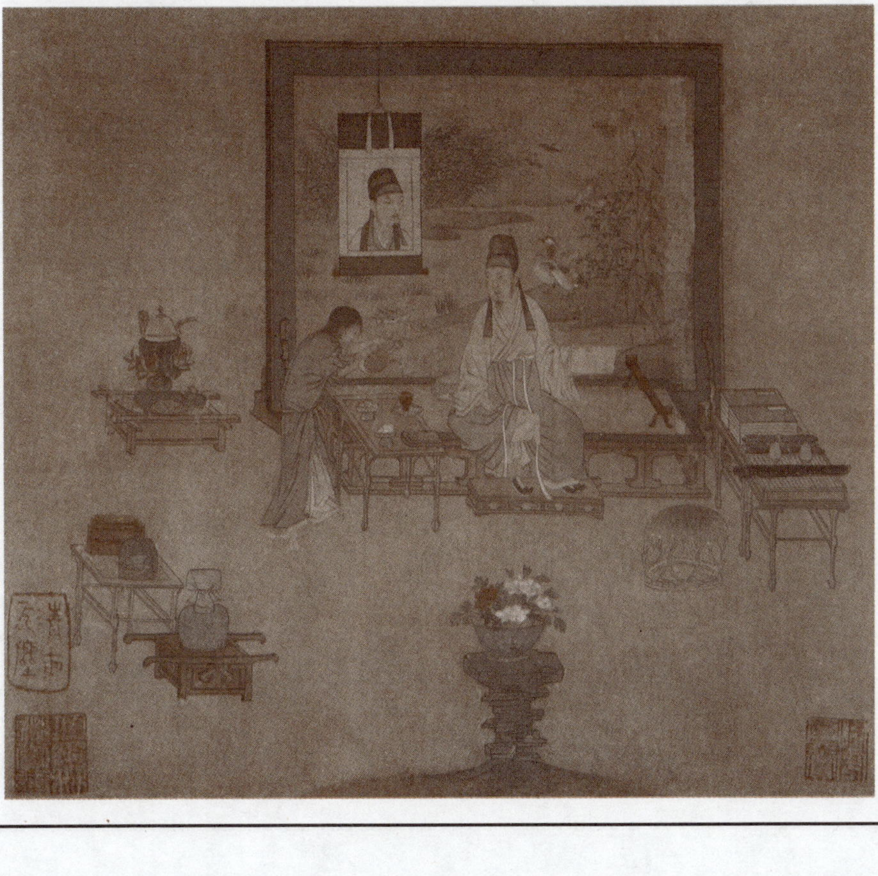

临宋人画　明·仇英

145

山坡羊

薛昂夫

大江东去，长安西去[1]，为功名走遍天涯路。厌舟车，喜琴书，早星星鬓影瓜田暮[2]。心待足时名便足[3]。高，高处苦；低，低处苦。

注释：①**大江**：长江。**长安**：指京城，今西安。②**早**：已经。**星星鬓影**：比喻两鬓斑白如星。**瓜田暮**：用东陵侯邵平汉初在长安东门种瓜的典故，以此喻弃官归隐。③**待**：将要。

邵平种瓜　清·周慕桥

146

sài hóng qiū　líng xiāo tái huái gǔ

塞鸿秋·凌歊台怀古[①]

xuē áng fū

薛昂夫

líng xiāo tái pàn huáng shān pù　shì sān qiān gē wǔ wáng
凌歊台畔黄山铺，是三千歌舞亡
jiā chù　wàng fū shān xià wū jiāng dù　shì bā qiān zǐ
家处[②]。望夫山下乌江渡[③]，是八千子
dì sī xiāng chù　jiāng dōng rì mù yún　wèi běi chūn tiān shù
弟思乡处[④]。江东日暮云，渭北春天树[⑤]，
qīng shān tài bái fén rú gù
青山太白坟如故[⑥]。

注释：①**凌歊台**：在今安徽当涂县西，南朝宋武帝刘裕曾在这里筑离宫。②**“凌歊”二句**：化用唐许浑《凌歊台》诗句“宋祖凌歊乐未回，三千歌舞宿层台”诗意。③**望夫山**：在当涂县西北。**乌江渡**：在安徽和县东北，与望夫山隔江相对。为项羽兵败垓下自刎处。④**八千子弟**：指项羽率领的江东子弟八千人。项羽兵败後无一生还。⑤**“江东”二句**：借用杜甫《春日忆李白》诗句“渭北春天树，江东日暮云。”後人以“春树暮云”表示对远方友人的怀念。⑥**青山太白坟**：李白葬于当涂县的青山西北面。

韩信十面埋伏困项羽·版画

147

庆东原·西皋亭适兴[①]

qìng dōng yuán　xī gāo tíng shì xìng

xuē áng fū
薛昂夫

xìng wéi cuī zū bài　huān yīn sòng jiǔ lái　jiǔ hān
兴为催租败[②]，欢因送酒来。酒酣

shí shī xìng yī rán zài　huáng huā yòu kāi　zhū yán wèi shuāi
时诗兴依然在。黄花又开，朱颜未衰[③]，

zhèng hǎo wàng huái　guǎn shèn yǒu jiān zhōu　bù kě wú páng xiè
正好忘怀。管甚有监州，不可无螃蟹[④]。

注释： ①**西皋亭**：在浙江杭县东北有皋亭山，西皋亭当在这里。②**兴为催租败**：意为因催租败坏了诗兴。据宋僧惠洪《冷斋夜话》卷四载：宋潘大临答友人索诗说："昨日得一佳句'满城风雨近重阳'，忽催租人至，遂败意，只此一句奉寄。"③**朱颜未衰**：指喝醉了酒，脸上红光焕发，好像青春犹在。④**"管甚"二句**：意为不管你什么监州不监州，我只要有螃蟹就酒吃就可以。监州，官名，即通判，常与知州争权。

太白醉酒图　清·苏六朋

148

shān pō yáng xī hú zá yǒng
山坡羊·西湖杂咏

xuē áng fū
薛昂夫

chūn
春

shān guāng rú diàn hú guāng rú liàn yī bù yī
山光如淀①，湖光如练②，一步一
gè shēng xiāo miàn kòu bū xiān fǎng pō xiān jiǎn xī
个生绡面③。叩逋仙④，访坡仙⑤，拣西
hú hǎo chù dōu yóu biàn guǎn shèn yuè míng guī lù yuǎn
湖好处都游遍，管甚月明归路远。
chuán xiū fàng zhuǎn bēi xiū fàng qiǎn
船，休放转⑥；杯，休放浅。

注释：①**淀**：通靛，青黑色染料。②**练**：洁白的熟绢绸。③**生绡**：未漂煮的丝织品，古人用以作画。这里即代指画卷。④**叩**：问，探询，拜访。⑤**坡仙**：指苏东坡。⑥**放**：教、使。

西湖纪胜图之灵隐寺　明·孙枝

149

山坡羊·西湖杂咏

shān pō yáng xī hú zá yǒng

薛昂夫
xuē áng fū

夏

xià

晴云轻漾，薰风无浪[1]，开樽避暑争相向[2]。映湖光，逞新妆，笙歌鼎沸南湖荡，今夜且休回画舫。风，满座凉；莲，入梦香。

qíng yún qīng yàng, xūn fēng wú làng, kāi zūn bì shǔ zhēng xiāng xiàng. yìng hú guāng, chěng xīn zhuāng, shēng gē dǐng fèi nán hú dàng, jīn yè qiě xiū huí huà fǎng. fēng, mǎn zuò liáng; lián, rù mèng xiāng.

注释：①薰风：和风、初夏的东南风、暖风。②开樽：即饮酒。相向：相对。

山水人物图之竹亭观荷 清·袁江

150 楚天遥带过清江引[①]

薛昂夫

屈指数春来，弹指惊春去[②]。蛛丝网落花，也要留春住。几日喜春晴，几夜愁春雨。六曲小山屏[③]，题满伤春句。春若有情应解语，问着无凭据。江东日暮云，渭北春天树[④]，不知那答儿是春住处[⑤]？

注释： ①**楚天遥带过清江引**：为双调带过曲。句式为：楚天遥，通篇五字八句四韵。清江引：七五、五五七。②**弹指**：言时光极短暂，佛教以六十五刹那为一弹指。③**曲**：曲折。**小山屏**：小幅的山水画屏。④**“江东”二句**：用唐杜甫《春日忆李白》诗：“渭北春天树，江东日暮云。”暗寓伤别怀人之思。⑤**那答儿**：哪里，哪边。

151 楚天遥带过清江引[①]

薛昂夫

有意送春归，无计留春住。明年又着来[①]，何似休归去。桃花也解愁，点点飘红玉。目断楚天遥[②]，不见春归路。春若有情春更苦，暗里韶光度[③]。夕阳山外山，春水渡旁渡[④]，不知那答儿是春住处？

注释： ①**着**：叫、让。②**楚天**：南天，因为楚在南方。③**韶光**：春光，喻美好的年华。④**“夕阳”二句**：袭用宋戴复古《世事作》诗句：“春水渡傍渡，夕阳山外山。”

152

bō bù duàn xián lè

拨不断·闲乐

wú hóng dào

吴弘道

fàn fú chá　jì shēng yá　cháng jiāng wàn lǐ qiū fēng

泛浮槎①，寄生涯，长江万里秋风

jià　zhì zǐ huò yān zhǔ nèn chá　lǎo qī dài yuè páo xīn

驾。稚子和烟煮嫩茶②，老妻带月炰新

zhǎ　zuì shí xián huà

鲊③。醉时闲话。

注释：①**泛浮槎：**泛舟漫游。**浮槎：**用竹木编成的筏，此指小船。②**和烟：**置身在炊烟中。**和：**掺杂义。③**炰：**蒸煮。**鲊：**腌鱼、熏鱼之类。

153

bō bù duàn xián lè

拨不断·闲乐

wú hóng dào

吴弘道

lì míng wú　huàn qíng shū　péng zé shēng dǒu wēi guān

利名无，宦情疏，彭泽升斗微官

lù　dù yú shí cán jià shàng shū　xiǎo shuāng huāng jìn lí

禄①。蠹鱼食残架上书②，晓霜荒尽篱

biān jú　bà guān guī qù

边菊。罢官归去！

注释：①**彭泽：**县名，在今江西省。陶渊明曾任彭泽令，以不为五斗米折腰辞官回乡隐居。②**蠹鱼：**蛀蚀书籍、衣服的小虫，色银白似鱼，故名。

陶潜归庄图之一　元·何　澄

154 沉醉东风·秋日湘阴道中[1]

chén zuì dōng fēng　qiū rì xiāng yīn dào zhōng

赵善庆（zhào shàn qìng）

shān duì miàn lán duī cuì xiù　cǎo qí yāo lǜ rǎn shā zhōu

山对面蓝堆翠岫[2]，草齐腰绿染沙洲。

ào shuāng jú yòu qīng　zhuó yǔ jiān jiā xiù

傲霜橘柚青[3]，濯雨蒹葭秀[4]，

gé cāng bō yǐn yǐn jiāng lóu

隔沧波隐隐江楼[5]。

diǎn pò xiāo xiāng wàn qǐng qiū　shì jǐ yè ér chuán huáng bài liǔ

点破潇湘万顷秋[6]，是几叶儿传黄败柳[7]。

注释：①**湘阴**：今湖南省湘阴县，在湘江下游，洞庭湖南岸。②**蓝堆翠岫**：意为在青山上又添了一层层蓝彩。蓝，可制成染料的蓼蓝。岫，峰峦。③**柚**：柚子。水果名。④**濯雨**：雨水冲洗。**蒹葭**：芦苇。⑤**沧波**：苍青色的水。此指秋水。⑥**潇湘**：潇水和湘水。湖南的两条大江，注入洞庭湖。⑦**传黄**：转黄。一说传指到处飘飞。

蒹葭书屋图　清·禹之鼎

155

寨儿令·叹世

马谦斋

手自搓，剑频磨①，古来丈夫天下多。青镜摩挲②，白首蹉跎③，失志困衡窝④。有声名谁识廉颇⑤，广才学不用萧何。忙忙的逃海滨，急急的隐山阿⑥。今日个平地起风波。

注释：①**剑频磨**：频频磨剑，比喻胸怀壮志，准备大显身手。②**青镜摩挲**：对镜自照，抚镜叹息。**青镜**：青铜镜。**摩挲**：抚摸。③**蹉跎**：虚度光阴。④**衡窝**：犹言陋室。《诗经·陈风·衡门》："衡门之下，可以栖迟。"衡门，横木为门。喻简陋。⑤**廉颇**：战国时赵国名将。⑥**山阿**：山林隐曲处。此二句是指有才识之士纷纷退隐。海滨、山阿，都指隐退之地。

人物故事图之完璧归赵 清·吴历

156

叨叨令·道情①

dāo dāo lìng dào qíng

邓玉宾

dèng yù bīn

一个空皮囊包裹着千重气②，一个干骷髅顶戴着十分罪。为儿女使尽了拖刀计③，为家私费尽了担山力④。你省的也么哥⑤，你省的也么哥，这一个长生道理何人会？

yī gè kōng pí náng bāo guǒ zhe qiān chóng qì, yī gè gān kū lóu dǐng dài zhe shí fēn zuì. wèi ér nǚ shǐ jìn le tuō dāo jì, wèi jiā sī fèi jìn le dān shān lì. nǐ xǐng de yě me gē, nǐ xǐng de yě me gē, zhè yī gè cháng shēng dào lǐ hé rén huì?

注释：①**叨叨令**：属正宫调。句式：七七七七、五五七。中衬衬字"也么哥"。**道情**：鼓词的一种，本为道士所唱，宣扬离情绝俗。後为民间曲艺形式之一，亦常以警世劝俗为内容。②**空皮囊**：比喻肉体躯壳有如一个空皮袋子。**千重气**：古人以为人禀天地之气而生。这里是指各种气恼烦人之事。③**拖刀计**：古代一种战法，在战斗中佯装战败，拖长柄大刀而走，诱敌来追，然後乘敌方追赶不备，回身挥刀杀敌。此处比喻挖空心思用尽计谋。④**家私**：家业。**担山力**：比喻超乎寻常的气力。⑤**省**：醒悟、领会。**也么哥**：也作"也波哥"。元曲中常用的衬词，无义。

骷髅幻戏图　宋·李嵩

157 雁儿落带过得胜令·闲适

yàn ér luò dài guò dé shèng lìng xián shì

邓玉宾

dèng yù bīn

qián kūn yī zhuǎn wán rì yuè shuāng fēi jiàn fú shēng

乾坤一转丸①，日月双飞箭。浮生

mèng yī chǎng shì shì yún qiān biàn wàn lǐ yù mén guān

梦一场②，世事云千变。万里玉门关③，

qī lǐ diào yú tān xiǎo rì cháng ān jìn qiū fēng shǔ

七里钓鱼滩④。晓日长安近⑤，秋风蜀

dào nán xiū gān wù shā yīng xióng hàn kàn kàn

道难。休干⑥，误杀英雄汉。看看⑦，

xīng xīng liǎng bìn bān

星星两鬓斑。

注释：①**乾坤**：天地。**转丸**：比喻天地运动流转不息像弹丸一般。显示天地之小，也喻万物无常，变化快。②**浮生**：即人生。《庄子·刻意》：“其生若浮，其死若休。”③**万里玉门关**：玉门关，古代通西域的门户，故址在今敦煌县西北。此句化用东汉名将班超故事。班超壮年时投笔从戎，後出使西域，出生入死，平定匈奴有功，晚年有“但愿生入玉门关”之叹。④**七里钓鱼滩**：用严子陵归隐七里钓鱼滩典故。⑤**晓日长安近**：据《晋书·明帝纪》：明帝少时，父元帝问明帝：“日与长安孰远？”对曰：“长安近。不闻人从日边来。”明日，元帝又问他同一问题，明帝却回答：“日近。举头则见日，不见长安。”後多以“日近长安远”比喻帝京遥远。⑥**休干**：不要求取功名富贵。干，求取。⑦**看看**：眼看、转瞬之意。

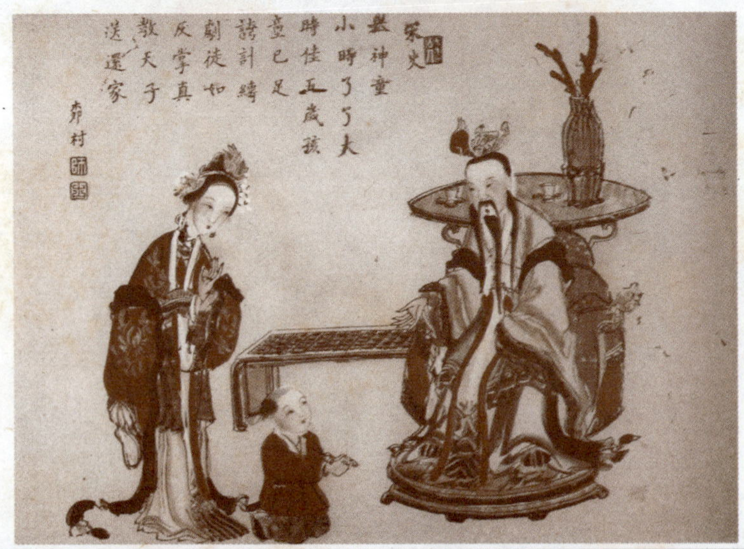

举神童·杨柳青年画

158

水仙子·山居自乐

shuǐ xiān zǐ shān jū zì lè

孙周卿

sūn zhōu qīng

zhāo yín mù zuì liǎng xiāng yí huā luò huā kāi zǒng bù zhī xū míng jiáo pò wú zī wèi bǐ xián rén rě shì fēi

朝吟暮醉两相宜，花落花开总不知[①]，虚名嚼破无滋味，比闲人惹是非[②]。

dàn jiā sī fù yǔ shān qī shuǐ duì lǐ chōng lái mǐ shān zhuāng shàng shàn le jī shì shì xiū tí

淡家私付与山妻[③]，水碓里舂来米[④]，山庄上线了鸡[⑤]，事事休提。

注释：①**总**：完全，俱。②**比**：相同，好像。此两句是说功名都是虚空之物，看破了毫无滋味，不过像闲人招惹是非一样无聊。③**淡家私**：薄家产。**山妻**：自称其妻的谦词。④**水碓**：靠水力舂米的工具。⑤**线**：通骟，阉割。

夏日山居图　清·唐岱

159

沉醉东风·宫词

孙周卿

双拂黛停分翠羽①，一窝云半吐犀梳②。宝靥香③，罗襦素④，海棠娇睡起谁扶⑤。肠断春风倦绣图，生怕见纱窗唾缕⑥。

注释：①**双拂黛**：即双眉。拂黛，用画眉的螺黛（青黑色颜料）拂掠。**停分**：均分、平分。**翠羽**：翠绿色的鸟羽，这里比喻黛眉。②**一窝云**：形容女子蓬松如云的头发如一窝彩云。**半吐犀梳**：指插在头发中的犀角梳子隐约可见。③**宝靥**：俗名靥子，古代妇女的一种面部化妆。④**罗襦**：用轻柔丝织品制作的短袄、短衣。⑤**海棠娇睡**：化用杨贵妃典故。杨贵妃酒醉，唐玄宗召见她，命人搀扶她来，戏称她“如海棠春睡”。⑥**唾缕**：即唾绒。

160

沉醉东风·宫词

孙周卿

花月下温柔醉人，锦堂中笑语生春。眼底情，心间恨，到多如楚雨巫云①。门掩黄昏月半痕，手抵着牙儿自哂②。

注释：①**多如**：多于。**楚雨巫云**：指男女欢会。此处指自然界的云雨。②**哂**：讥笑，嘲笑。

161

醉太平·寒食①

王元鼎

声声啼乳鸦②，生叫破韶华③。夜深微雨润堤沙，香风万家。画楼洗尽鸳鸯瓦④，彩绳半湿秋千架。觉来红日上窗纱⑤，听街头卖杏花。

注释：①**寒食**：节令名，在清明前一、二日。此题共四首，所选为第二首。②**乳鸦**：幼鸦，雏鸦。③**生**：硬是，偏是。**叫破**：啼遍。**韶华**：美好春光。④**鸳鸯瓦**：屋瓦均为一俯一仰相嵌合，故称。⑤**觉**：睡醒。

月曼清游图之院落秋千　清·陈枚

162

殿前欢[1]

吴西逸

懒云巢[2]，碧天无际雁行高。玉箫鹤背青松道，乐笑逍遥。溪翁解冷淡嘲[3]，山鬼放揶揄笑[4]，村妇唱糊涂调。风涛险我，我险风涛[5]。

注释：①本曲为和阿里西瑛《殿前欢·懒云窝自叙》之作，共六首，所选二首为第三、第六首。懒云窝是阿里西瑛的寓所。②**懒云巢：**即懒云窝。③**溪翁：**指溪谷隐逸之士。**解：**懂得，领悟。④**山鬼：**即山精，传说中的山间怪兽，人形有毛。**放：**发。**揶揄：**戏弄、耍笑。⑤**险：**这里是远离、远避之义。

163

殿前欢

吴西逸

懒云凹，按行松菊讯桑麻[1]。声名不在渊明下，冷淡生涯。味偏长凤髓茶[2]，梦已随蝴蝶化[3]，身不入麒麟画[4]。莺花厌我[5]，我厌莺花。

注释：①**按行：**巡行。**讯桑麻：**指询问农作物的生长情况。②**凤髓茶：**茶名。③**梦已随蝴蝶化：**化用庄周梦蝶典故。④**麒麟画：**指汉未央宫麒麟阁上所画的功臣图。⑤**莺花：**莺啼花放，指春景，这里借指世俗的荣华。此二句是说荣华与自己无缘，自己也厌弃荣华。

164 雁儿落带过得胜令·叹世

吴西逸

春花闻杜鹃①，秋月看归燕。人情薄似云，风景疾如箭②。留下买花钱③，趱入种桑园④。茅盖三间厦⑤，秧肥数顷田。床边放一册冷淡渊明传，窗前抄几首清新杜甫篇。

注释：①**杜鹃**：又名子规、催归、杜宇。啼声似说“不如归去”。相传为古蜀国君主望帝魂魄所化。②**风景疾如箭**：形容风光景物转眼即变，光阴似箭。③**留下买花钱**：古代有富户买花习俗，动辄耗费重金：“一束深色花，十户中人赋。”此处的买花钱是借指消闲享乐的费用。④**趱**：通“攒”，积聚。此句是说节约消闲享乐的开支，把钱积聚起来，投入农桑生产中去。⑤**盖**：一作苫。

江田种秫图　清·萧晨

165 梧叶儿·春情

wú yè ér chūn qíng

吴西逸

香随梦，肌褪雪①，锦字记离别②。春去情难再，更长愁易结③。花外月儿斜，淹粉泪微微睡些④。

注释：①肌褪雪：指美人雪白的肌肤逐渐消瘦。褪：消减。②锦字：用锦织成的字。前秦秦州刺史窦滔在外地做官，其妻苏氏用锦织成回文璇玑图诗赠夫，表达凄婉思念之情。後以“锦字”称妻子寄给丈夫的书信。③更：古代夜间报时的更鼓。每夜五个更次，每更时限固定。④淹：同掩。

千秋绝艳图之苏若兰 明·佚名

166

diàn qián huān

殿前欢

wèi lì zhōng

卫立中

bì yún shēn　bì yún shēn chù lù nán xún　shù chuán

碧云深，碧云深处路难寻。数椽

máo wū hé yún lìn　yún zài sōng yīn　guà yún hé bā chǐ

茅屋和云赁①，云在松阴。挂云和八尺

qín　wò tái shí jiāng yún gēn zhěn　zhé méi ruǐ bǎ yún

琴②，卧苔石将云根枕③，折梅蕊把云

shāo qìn　yún xīn wú wǒ　yún wǒ wú xīn

梢沁④。云心无我，云我无心⑤。

注释：①**椽**：房屋单位的计量词，数椽即数间。**和**：连着。**赁**：租借，租赁。②**云和**：山名，以出产名贵琴瑟著称。③**云根**：指山石。④**沁**：渗进，浸透。此句指梅蕊高入云霄，浸透了高空云雾之气。⑤**"云心"二句**：是说云我融为一体。陶渊明"归去来辞"："云无心以出岫。"此二句暗用其意。

坐看云起图　元·盛懋

167

水仙子·次韵

张可久

yíng tóu lǎo zǐ wǔ qiān yán　hè bèi yáng zhōu shí wàn qián

蝇头老子五千言①，鹤背扬州十万钱②，

bái yún liǎng xiù yín hún jiàn　fù zhuāng shēng qiū shuǐ piān

白云两袖吟魂健③。赋庄生《秋水篇》④，

bù páo kuān fēng yuè wú biān　míng bù shàng qióng lín diàn

布袍宽风月无边⑤。名不上琼林殿⑥，

mèng bú dào jīn gǔ yuán　hǎi shàng shén xiān

梦不到金谷园⑦，海上神仙。

注释：①**蝇头：**指细小如蝇头的字。**老子五千言：**即《老子》，亦称《道德经》，道家的主要经典，约五千字。②**"鹤背扬州"句：**喻幻想中的好事，既享尽人间荣华富贵，还能成仙。化用《殷芸小说》"腰缠十万贯，骑鹤上扬州"句。③**白云两袖：**即两袖唯有白云，其它一无所有。**吟魂健：**指作诗的灵感勃兴，诗兴浓。④**赋：**此处指诵读。**庄生：**即庄周。著有《庄子》五十三篇。**《秋水篇》：**《庄子》中的一篇。⑤**风月无边：**意谓景色无限美好。⑥**琼林殿：**即琼林苑，在宋代汴京（今河南开封市）城西，宋代皇帝赐新科进士酒宴的宫殿。宋代乾德二年设。此句意谓不追求功名利禄。⑦**金谷园：**晋代官僚豪富石崇所建的亭园，在洛阳西北金谷涧，装饰极豪华富丽，此处象征富贵。

人物故事图之南华秋水　明·仇英

168

水仙子·山斋小集[1]

张可久

玉笙吹老碧桃花[2]，石鼎烹来紫笋芽[3]，山斋看了黄筌画[4]。荼蘼香满把[5]，自然不尚奢华。醉李白名千载，富陶朱能几家[6]？贫不了诗酒生涯。

注释：①**小集**：小宴。②**笙**：管乐器。③**石鼎**：石制的炊具。**紫笋芽**：指名贵的新茶。④**黄筌**：五代後蜀著名画家，擅花鸟，兼精人物、山水画。⑤**荼蘼**：花名，又称"佛见笑"。一种小灌木，春末夏初开黄白色花。⑥**陶朱**：即范蠡。相传范蠡辅佐越王勾践复国灭吴後，功成身退，泛舟五湖，後来到了陶山（今山东定陶县），号朱公，以经商致富，世称陶朱公。後世常以指称富翁。

碧桃图　清·恽寿平

169

水仙子·乐闲

张可久

铁衣披雪紫金关①，彩笔题花白玉栏②，渔舟棹月黄芦岸。几般儿君试拣，立功名只不如闲。李翰林身何在③，许将军血未干④，播高风千古严滩⑤。

注释：①铁衣：指古代将士所穿的以铁片护身的战衣。紫金关：又名紫荆关，在河北易县西紫荆岭上，以山多紫荆树故名。为古代军事戍守重地。宋时名金坡关，金元时改名紫荆关。这里泛指边防要塞。②彩笔题花：暗用李白在长安供奉翰林时所写《清平调词三首》以咏牡丹花歌咏杨贵妃的典故。③李翰林：指李白。曾供奉翰林，後被排挤出朝廷。④许将军：指唐玄宗时的许远（709—757）。安史之乱时，任睢阳太守，与真源令张巡协力守城数月，後城陷兵败，被判军俘杀，不屈而死。⑤严滩：又名七里滩、七里濑、子陵滩。在浙江桐庐县富春江畔。是东汉严光拒绝朝廷征召隐居垂钓处。

粉彩太白醉酒图　清·佚名

170

shuǐ xiān zǐ guī xìng

水仙子·归兴①

zhāng kě jiǔ

张可久

dàn wén zhāng bù dào zǐ wēi láng　xiǎo gēn jiǎo nán dēng

淡文章不到紫薇郎②，小根脚难登

bái yù táng　yuǎn gōng míng què pà huáng máo zhàng　lǎo lái

白玉堂③，远功名却怕黄茅瘴④。老来

yě sī gù xiāng　xiǎng tú zhōng mèng gǎn hún shāng　yún mǎng mǎng

也思故乡，想途中梦感魂伤。云莽莽

féng gōng lǐng　làng táo táo yáng zǐ jiāng　shuǐ yuǎn shān cháng

冯公岭⑤，浪淘淘扬子江⑥，水远山长。

注释：①**归兴：**思归之意兴。②**淡文章：**指内容浅薄，缺少文采的文章。**紫薇郎：**唐代中书郎的别称。此处泛指朝廷要职。③**根脚：**指家世、出身。元代称“家世”为根脚。**白玉堂：**宋以後翰林院之别称。④**远功名：**远地或边远地区的职位。**黄茅瘴：**指南方山林中秋天茅草枯黄时发生的瘴气。**瘴：**瘴气，南方山林中的湿热之气，古人以为能致病。⑤**冯公岭：**在今浙江丽水。⑥**淘淘：**义同“滔滔”。**扬子江：**即长江。

仿古山水图之春游晚归　清·上　睿

171

zhé guì lìng jiǔ rì

折桂令·九日[①]

zhāng kě jiǔ

张可久

duì qīng shān qiáng zhěng wū shā guī yàn héng qiū juàn
对青山强整乌纱[②]。归雁横秋，倦
kè sī jiā cuì xiù yīn qín jīn bēi cuò luò yù shǒu
客思家。翠袖殷勤[③]，金杯错落[④]，玉手
pí pá rén lǎo qù xī fēng bái fà dié chóu lái míng rì huáng
琵琶。人老去西风白发，蝶愁来明日黄
huā huí shǒu tiān yá yī mǒ xié yáng shù diǎn hán yā
花[⑤]。回首天涯，一抹斜阳，数点寒鸦[⑥]。

注释：①**九日：**即九九重阳节。有登高赏菊的习俗。②**乌纱：**指乌纱帽。化用龙山落帽典故。晋代孟嘉在重阳聚会时，遇风吹落了他的官帽，他不顾嘲笑，应答自若。③**翠袖殷勤：**指歌女劝酒。④**错落：**此处为交错缤纷义。班固《西都赋》：“隋侯明月，错落其间。”⑤**明日黄花：**喻过时的事物。**黄花：**菊花。此句化用苏轼《九日次韵王巩》诗：“相逢不用忙归去，明日黄花蝶也愁。”⑥**“一抹斜阳”句：**化用秦观《满庭芳》“斜阳外，寒鸦数点，流水绕孤村”句意。

琵琶仕女图 清·王礼

172

折桂令·次酸斋韵[1]

zhé guì lìng cì suān zhāi yùn

张可久

zhāng kě jiǔ

倚栏杆不尽兴亡。数九点齐州[2]，八景湘江[3]。吊古词香[4]，招仙笛响，引兴杯长[5]。远树烟云渺茫，空山雪月苍凉。白鹤双双，剑客昂昂，锦语琅琅[6]。

注释：①次酸斋韵：依酸斋原作的韵和作。酸斋，贯云石的号。②九点齐州：语出唐李贺《梦天》诗："遥望齐州九点烟，一泓海水杯中泻。"齐州，指中国，古时中国分为九州，故称"齐州九点"。③八景湘江：即潇湘八景，指山市晴岚、远浦归帆、平沙落雁、潇湘夜雨、烟寺晚钟、渔村夕照、江天暮雪、洞庭秋月。④吊古：凭吊往古事迹。⑤引兴：引发兴致。⑥锦语：指诗词佳句。琅琅：形容音韵响亮动听。

江天暮雪图 清·李寅

173

mǎn tíng fāng kè zhōng jiǔ rì
满庭芳[①]·客中九日

zhāng kě jiǔ
张可久

qián kūn fǔ yǎng xián yú zuì xǐng jīn gǔ xīng wáng jiàn huā hán yè zuò guī xīn zhuàng yòu shì tā xiāng jiǔ rì míng zhāo jiǔ xiāng yī nián hǎo jǐng chéng huáng lóng shān shàng xī fēng shù xiǎng chuī lǎo bìn máo shuāng

乾坤俯仰，贤愚醉醒，今古兴亡。剑花寒[②]，夜坐归心壮[③]，又是他乡。九日明朝酒香，一年好景橙黄[④]。龙山上，西风树响，吹老鬓毛霜[⑤]。

注释： ①**满庭芳：**中吕宫曲牌。句式：四四四、七四、七七（或六六）、三四五。②**剑花：**灯心的馀烬结成为剑花形状。古人认为灯芯火旺，爆成花形是吉兆。③**壮：**旺盛，强烈。④**一年好景橙黄：**化用苏轼《赠刘景文》诗："一年好景君须记，最是橙黄橘绿时。"⑤**"龙山"三句：**用晋桓温重阳登龙山宴客，风吹孟嘉帽落事。慨叹西风迟暮，依人作客。

橙黄橘绿图 宋·赵令穰

174

pǔ tiān lè qiū huái
普天乐·秋怀

zhāng kě jiǔ
张可久

wèi shuí máng mò fēi mìng xī fēng yì mǎ luò
为谁忙，莫非命。西风驿马①，落

yuè shū dēng qīng tiān shǔ dào nán hóng yè wú jiāng lěng
月书灯。青天蜀道难②，红叶吴江冷③。

liǎng zì gōng míng pín kàn jìng bù ráo rén bái fà xīng xīng
两字功名频看镜④，不饶人白发星星⑤。

diào yú zǐ líng sī chún jì yīng xiào wǒ piāo líng
钓鱼子陵⑥，思莼季鹰⑦，笑我飘零。

注释：①**西风驿马**：意谓奔波劳顿在瑟瑟秋风旅途中。②**“青天”句**：化用李白“蜀道之难难于上青天”诗句。③**“红叶”句**：化用唐代诗人崔信明诗句“枫落吴江冷”句意。吴江，即松江，太湖最大的支流。④**“两字”句**：化用杜甫诗句：“勋业频看镜，行藏独倚楼。”慨叹年华老大，功业未就。⑤**“不饶人”句**：化用唐杜牧《送隐者一绝》中的诗句：“公道世间唯白发，贵人头上不曾绕。”⑥**钓鱼子陵**：指拒绝朝廷征召，隐居垂钓的严光，字子陵。⑦**思莼季鹰**：晋代张翰，字季鹰。在洛阳做官，因见秋风起，乃思吴中菰菜、莼羹和鲈鱼脍，曰：“人生贵得适志，何能羁宦数千里以要名爵乎？”遂命驾而归。後遂以“思莼”、“思鲈”等喻指归隐或思乡。

松下赏月图　宋·佚名

175

寨儿令·次韵

张可久

你见么，我愁他，青门几年不种瓜①。世味嚼蜡，尘事抟沙②，聚散树头鸦③。自休官清煞陶家④，为调羹俗了梅花⑤。饮一杯金谷酒⑥，分七碗玉川茶⑦。嗏⑧，不强如坐三日县官衙！

注释：①**青门**：指汉代长安城东门，因门色青故称青门。邵平曾在此处种瓜。邵平，秦朝时被封为东陵侯。秦亡入汉後，家贫，种瓜于长安城东青门。其瓜甜美，时称"青门瓜"、"东陵瓜"、"故侯瓜"，享名一时。②**世味嚼蜡**：意谓人世间情味如同嚼蜡，没有味道。**尘事抟沙**：是说世俗的人际之间的关系好比捏聚散沙，无法聚合。③**聚散树头鸦**：化用西汉翟公故事。翟任廷尉时，宾客盈门；罢官後，客如鸦散，门可罗雀；复职後，昔日之客又欲登门，翟公在门上大笔书写了几句话："一死一生，乃知交情；一贫一富，乃知交态；一贵一贱，交情乃见。"④**陶家**：以陶渊明自比。⑤**"为调羹"句**：梅子味酸，古人把它同盐一样作为调味品。这里是说梅花本是清雅之物，如作调羹之用，就显得俗了。比喻保持隐士的清高品性，不愿做官。⑥**金谷酒**：石崇常在所建的金谷园内宴请宾客，饮酒赋诗，赋诗不成，罚酒三杯。⑦**分**：分辨，引申为品味。**七碗玉川茶**：唐代诗人卢仝，号玉川子，有《走笔谢孟谏议寄新茶》诗，专咏茶，云："一碗喉吻润，两碗破孤闷。三碗搜枯肠，唯有文字五千卷。四碗发轻汗，平生不平事，尽向毛孔散。五碗肌骨轻，六碗通仙灵。七碗吃不得也，唯觉两腋习习清风生。"後因称茶为玉川茶。⑧**嗏**：语气词。

惠山茶会图 明·文徵明

diàn qián huān cì suān zhāi yùn

176 殿前欢·次酸斋韵①

zhāng kě jiǔ

张可久

diào yú tái shí nián bù shàng yě ōu cāi bái
钓鱼台②，十年不上野鸥猜③。白
yún lái wǎng qīng shān zài duì jiǔ kāi huái qiàn yī zhōu
云来往青山在，对酒开怀。欠伊、周
jì shì cái fàn liú ruǎn tān bēi jiè huán lǐ
济世才④，犯刘、阮贪杯戒⑤，还李、
dù yín shī zhài suān zhāi xiào wǒ wǒ xiào suān zhāi
杜吟诗债⑥。酸斋笑我，我笑酸斋。

注释：①**酸斋：**即贯云石。②**钓鱼台：**指严子陵隐居的钓台。③**野鸥猜：**被鸥鸟猜疑。传说海边有人很喜欢鸥鸟，鸥鸟也亲近他。但当他父亲叫他抓一只来玩时，鸥鸟看见他都不敢飞来了。④**伊、周：**即伊尹和周公，均为宰辅名臣。後世常以伊、周指主持国政的大臣。⑤**刘、阮贪杯：**指刘伶、阮籍，他们都是晋代竹林七贤中的名士，以嗜酒著名。⑥**李、杜：**指李白和杜甫。

diàn qián huān cì suān zhāi yùn

177 殿前欢·次酸斋韵①

zhāng kě jiǔ

张可久

huàn guī lái xī hú shān shàng yě yuán āi èr shí
唤归来，西湖山上野猿哀。二十
nián duō shǎo fēng liú guài huā luò huā kāi wàng yún xiāo bài
年多少风流怪①，花落花开。望云霄拜
jiàng tái xiù xīng dǒu ān bāng cè pò yān yuè mí hún
将台②，袖星斗安邦策③，破烟月迷魂
zhài suān zhāi xiào wǒ wǒ xiào suān zhāi
寨④。酸斋笑我，我笑酸斋。

注释：①**风流：**指风流人物和俊杰。**怪：**指怪异人物。②**云霄拜将台：**指东汉显宗将二十八个中兴名将图像绘于云台事。③**袖：**袖藏。④**烟月迷魂寨：**指歌楼妓院。

178

殿前欢·离思

张可久

月笼沙[1]，十年心事付琵琶[2]。相思懒看帏屏画，人在天涯。春残豆蔻花[3]，情寄鸳鸯帕[4]，香冷荼蘼架[5]。旧游台榭，晓梦窗纱。

注释：①**月笼沙**：唐杜牧《泊秦淮》诗：“烟笼寒水月笼沙。”②**“十年”句**：化用唐白居易《琵琶行》：“弦弦掩抑声声思，似诉平生不得志。低眉信手续续弹，说尽心中无限事。”③**豆蔻花**：多年生草本植物，夏初开花。杜牧《赠别》诗：“娉婷袅袅十三馀，豆蔻梢头二月初。”以豆蔻形容少女。後谓十三四岁的少女为“豆蔻年华”。④**鸳鸯帕**：绣有鸳鸯的罗帕。⑤**荼蘼**：夏日开花，其时已百花凋残，虽香，但寂寞冷清。

浔阳饯别图　清·袁江

179

殿前欢·客中

张可久

望长安[①]，前程渺渺鬓斑斑。南来北往随征雁，行路难。青泥小剑关[②]，红叶湓江岸[③]，白草连云栈[④]。功名半纸，风雪千山。

注释：①**长安**：古帝都，在今西安。②**青泥**：指青泥岭，又名泥功山。在甘肃徽县南，陕西略阳县西北，古为甘、陕入蜀要道。悬崖万丈，上多云雨，泥泞路滑。李白《蜀道难》："青泥何盘盘，百步九折萦岩峦。"**剑关**：即今四川剑阁县东北的剑门关。形势险要。李白《蜀道难》："剑阁峥嵘而崔嵬，一夫当关，万夫莫开。"③**红叶**：深秋的枫叶。**湓江**：在江西，经九江湓浦口入长江。④**白草**：我国西北地区的一种草名，长熟时为白色。唐诗人岑参有"北风吹沙卷白草"、"北风卷地白草折"等诗句。**连云栈**：栈道名，极高峻险恶的栈道。在陕西汉中地区，长四百七十里，在悬崖边架木而成。为古代川陕之间的通道。

剑门图　清·恽寿平

180 清江引·春思

qīng jiāng yǐn chūn sī

zhāng kě jiǔ
张可久

黄莺乱啼门外柳①，雨细清明後②。能消几日春③，又是相思瘦。梨花小窗人病酒④。

注释：①门外柳：古人每以折柳指代友人或情人送别。此处暗寓见柳伤别意。②雨细清明：化用杜牧《清明》诗："清明时节雨纷纷，路上行人欲断魂。""行人"指出门在外的人。③能消：能禁受，能经得住。此句化用宋辛弃疾《摸鱼儿》词："更能消几番风雨，匆匆春又归去。"④病酒：醉酒如病。

181 清江引·春晚

qīng jiāng yǐn chūn wǎn

zhāng kě jiǔ
张可久

平安信来刚半纸①，几对鸳鸯字②。花开望远行③，玉减伤春事④。东风草堂飞燕子⑤。

注释：①平安信：报平安的书信，通常指家信。刚：只有。②鸳鸯字：指相思爱恋的文辞。③远行：指出门远行在外的人。④玉减：指美人玉容消瘦。⑤草堂：古时文人谦称自己的住所为"草堂"。

春江叠嶂图 清·蔡嘉

182

小桃红·寄鉴湖诸友[1]

张可久

一城秋雨豆花凉[2]，闲倚平山望[3]。不似年时鉴湖上[4]，锦云香[5]，采莲人语荷花荡。西风雁行，清溪渔唱，吹恨入沧浪[6]。

注释：①**鉴湖**：又称镜湖、长湖、庆湖，在浙江绍兴县西南。旧时又作绍兴别称。②**秋雨豆花凉**：古时以农历八月雨为豆花雨。③**平山**：指江苏扬州市西北蜀岗法寺内的平山堂。为宋庆历八年郡守欧阳修所建，因登堂可以望见江南诸山，故名。④**年时**：指昔时，从前。⑤**锦云**：美丽的彩云。这里比喻荷花。⑥**吹**：传。**恨**：遗憾。**沧浪**：水色青苍的样子。此句暗寓遗憾不能如渔父一样悠然避世，归隐江湖之意。

清溪风帆图 宋·佚名

183

朝天子·山中杂书

张可久

醉馀，草书，李愿盘谷序①。青山一片范宽图②，怪我来何暮。鹤骨清癯③，蜗壳蘧庐④，得安闲心自足。蹇驴⑤，酒壶，风雪梅花路。

注释：①**李愿盘谷序**：指唐代韩愈所作《送李愿归盘谷序》，序中赞美盘谷“泉甘而土肥”，是宜于隐居的好地方。②**范宽图**：范宽的山水图。范宽，字中立，北宋著名画家，其画模山范水，描绘逼真。③**鹤骨**：形容体骨清瘦。**清癯**：清瘦。唐齐已《戊辰岁汀中寄郑谷郎中》诗：“瘦应成鹤骨，闲想似禅心。”④**蜗壳**：比喻狭小如蜗牛壳的圆形小屋。三国时焦先和杨沛作圆舍，形如蜗牛壳，称为蜗庐。**蘧庐**：旅馆、客舍。《庄子·天运》：“先王之蘧庐也。”成玄英疏：蘧庐：客舍。⑤**蹇驴**：瘦弱的驴子。

骑驴图　明·张　路

184

cháo tiān zǐ hú shàng
朝天子·湖上

zhāng kě jiǔ
张可久

yǐng bēi yù pēi mèng lěng lú huā bèi fēng
瘿杯①，玉醅②，梦冷芦花被③。风

qīng yuè bái zǒng xiāng yí lè zài qí zhōng yǐ shòu guò yán
清月白总相宜，乐在其中矣！寿过颜

huí bǎo sì bó yí xián rú yuè fàn lǐ wèn
回④，饱似伯夷⑤，闲如越范蠡⑥。问

shuí shì fēi qiě xiàng xī hú zuì
谁，是非？且向西湖醉。

注释：①**瘿杯**：用楠木根制成的杯子。②**玉醅**：美酒。醅，未过滤的酒。③**芦花被**：用芦絮当芯的被，不能保暖。形容生活清贫。④**颜回**：字子渊。春秋时鲁国人，孔子的学生。安贫乐道，被尊为“复圣”，三十二岁即去逝。⑤**伯夷**：商末孤竹君之子，与弟叔齐投奔到周後，反对周武王讨伐商朝。武王灭商後，二人又逃到首阳山，不食周粟，采薇而食，後饿死。⑥**范蠡**：越国大夫，辅佐越王勾践复国灭吴後，功成身退。

西湖纪胜图之大佛寺　明·孙　枝

185　cháo tiān zǐ　guī qíng
朝天子·闺情

zhāng kě jiǔ
张可久

yǔ shuí　huà méi　cāi pò fēng liú mí　tóng tuó
与谁，画眉①，猜破风流谜。铜驼
xiàng lǐ yù cōng sī　yè bàn guī lái zuì　xiǎo yì shōu shí
巷里玉骢嘶②，夜半归来醉。小意收拾③，
guài dǎn jìn chí　bù shí xiū shuí sì nǐ　zì zhī lǐ
怪胆禁持④，不识羞谁似你。自知理
kuī　dēng xià hé yī shuì
亏，灯下和衣睡。

注释：①**画眉**：化用汉代张敞为妻画眉典故。《汉书·张敞传》：“又为妇画眉，长安中传张京兆眉怃。”後用以表示夫妻恩爱。②**铜驼巷**：为汉代洛阳的一条街巷，是少年贵族子弟经常游玩的地方。晋陆机《洛阳记》：“洛阳有铜驼街……俗语曰：金马门外集众贤，铜驼陌上集少年。”**玉骢**：骏马。③**小意收拾**：小心、细心服侍。④**怪胆**：悖情乖意。**禁持**：摆布、纠缠、折磨。此句指男子借着酒意放胆纠缠。

186　hóng xiù xié　chūn rì hú shàng
红绣鞋·春日湖上

zhāng kě jiǔ
张可久

lǜ shù dāng mén jiǔ sì　hóng zhuāng yìng shuǐ huán ér
绿树当门酒肆①，红妆映水鬟儿②。
yǎn dǐ yīn qín zuò jiān shī　chén āi sān wǔ zì　yáng
眼底殷勤座间诗③。尘埃三五字④，杨
liǔ wàn qiān sī　jì nián shí céng dào cǐ
柳万千丝⑤，记年时曾到此⑥。

注释：①**酒肆**：酒店。②**鬟儿**：古时少女的一种发型，在耳上梳成两个环形发髻。③**眼底殷勤**：眼角边流露出殷勤、恳切、深厚之情意。④**“尘埃”句**：是说过去在座间相聚所题之诗已为尘埃所封。⑤**杨柳万千丝**：以杨柳的千万缕丝比喻思念之深。丝，谐音“思”。⑥**年时**：当年；从前。

187

hóng xiù xié hú shàng

红绣鞋·湖上

zhāng kě jiǔ

张可久

wú shì wú fēi xīn shì bù hán bù nuǎn huā shí

无是无非心事，不寒不暖花时，

zhuāng diǎn xī hú sì xī shī kòng qīng sī yù miàn mǎ gē

妆点西湖似西施，控青丝玉面马①，歌

jīn lǚ fěn tuán ér xìn rén shēng xíng lè ěr

《金缕》粉团儿②，信人生行乐耳③！

注释：①**控**：驾驶。**青丝**：指青丝做的缰绳。**玉面马**：即玉花骢，为唐玄宗所拥有的名马。这是借指名马。②**《金缕》**：曲调名，又名金缕衣、金缕曲，亦名贺新郎。**粉团儿**：指浓妆艳抹的歌妓。③**信**：的确、确实。此化用汉杨恽《报孙会宗书》："人生行乐耳，须富贵何时！"

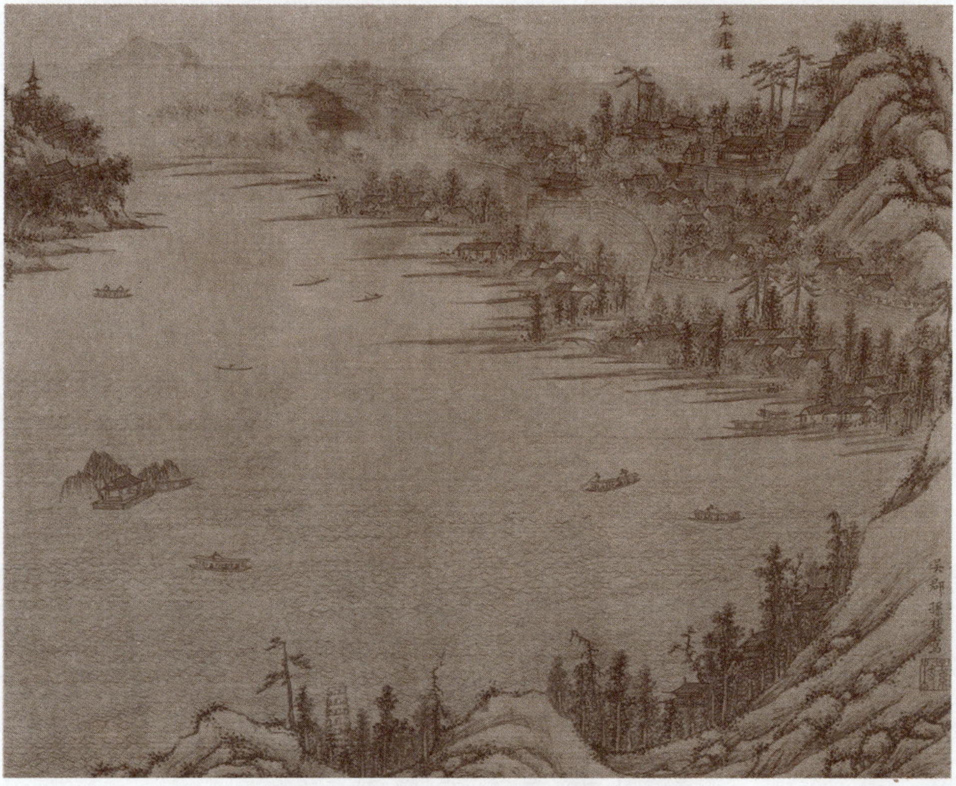

西湖纪胜图之太虚楼 明·孙 枝

188 红绣鞋·天台瀑布寺[1]

hóng xiù xié tiān tái pù bù sì

张可久 zhāng kě jiǔ

jué dǐng fēng cuán xuě jiàn xuán yá shuǐ guà bīng lián
绝顶峰攒雪剑[2]，悬崖水挂冰帘，
yǐ shù āi yuán nòng yún jiān xuè huā tí dù yǔ yīn
倚树哀猿弄云尖[3]。血华啼杜宇[4]，阴
dòng hǒu fēi lián bǐ rén xīn shān wèi xiǎn
洞吼飞廉[5]。比人心山未险。

注释：①**天台**：指天台山，在浙江天台县北。山有石梁瀑布，附近有方广寺。②**绝顶**：最高的山峰。**攒**：凑集、汇聚。**雪剑**：形容山峰高峻终年积雪有如寒光闪闪的宝剑。③**弄云尖**：指猿声响彻高空。**弄**：啼叫。④**"血华"句**：用杜鹃啼血典故。相传古蜀国君王望帝杜宇的魂魄化为杜鹃鸟，鸣声凄厉，啼出的血变成了鲜红的杜鹃花。**华**：即"花"。⑤**飞廉**：传说中的风神，又称风伯。此处指阴风。

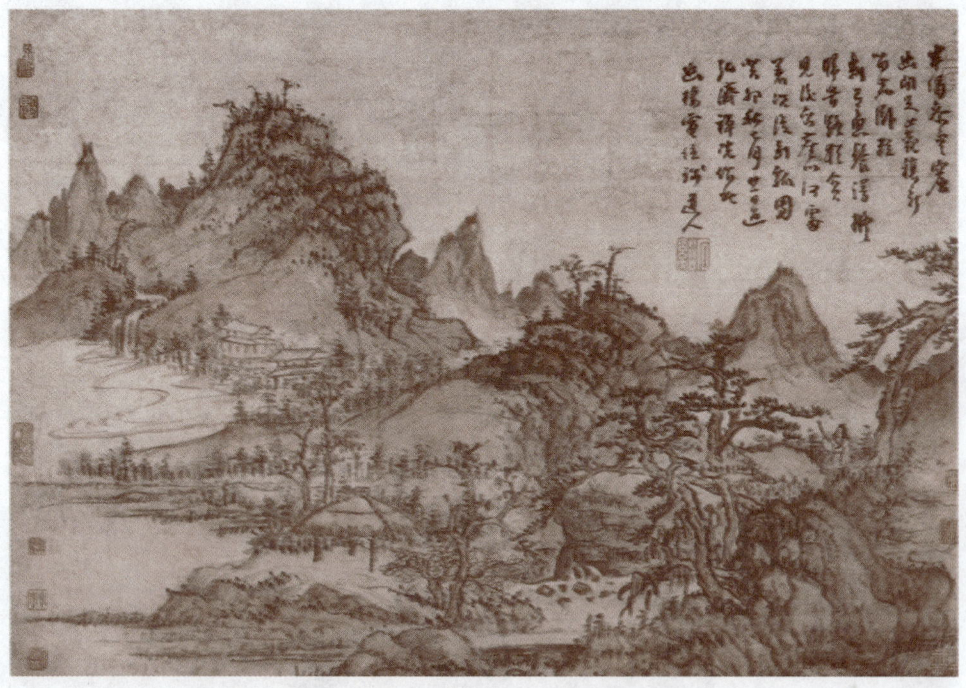

山寺秋峦图　清·髡残

189

chén zuì dōng fēng　qiū yè lǚ sì
沉醉东风[1]·秋夜旅思

zhāng kě jiǔ
张可久

èr shí wǔ diǎn qiū gēng gǔ shēng　qiān sān bǎi lǐ shuǐ
二十五点秋更鼓声[1]，千三百里水
guǎn yóu chéng　qīng shān qù lù cháng　hóng shù xī fēng lěng
馆邮程[2]。青山去路长，红树西风冷。
bǎi nián rén bàn zhǐ xū míng　dé sì qú yuán gé shàng sēng
百年人半纸虚名[3]。得似璩源阁上僧，
wǔ shuì zú méi chuāng rì yǐng
午睡足梅窗日影[4]。

注释：①**二十五点秋更鼓声**：古时夜间以击鼓报时，每夜五更。每更分为五点，故一夜须报更二十五点。这里是写彻夜未眠，故听到二十五点报更声。②**水馆**：船上房舍。**邮**：本指传递文件书信的驿站，转义为传递信件。③**百年人**：人的一生。④**“得似”二句**：以自己的奔波辛劳与僧人的恬淡安乐作比，不胜感慨。**得似**：哪像。**璩源阁**：即璩源寺，在浙江江山县东南六十里。

190

tiān jìng shā　lǔ qīng ān zhōng
天净沙·鲁卿庵中[1]

zhāng kě jiǔ
张可久

qīng tái gǔ mù xiāo xiāo　cāng yún qiū shuǐ tiáo tiáo
青苔古木萧萧[2]，苍云秋水迢迢[3]，
hóng yè shān zhāi xiǎo xiǎo　yǒu shuí céng dào　tàn méi rén guò
红叶山斋小小。有谁曾到？探梅人过
xī qiáo
溪桥[4]。

注释：①**鲁卿**：是作者隐居山林的友人。②**萧萧**：形容冷清幽静。③**迢迢**：高、远貌。唐杜牧有《寄扬州韩绰判官》诗：“青山隐隐水迢迢。”④**探梅人**：指作者自己。梅，比喻高士。

191 庆东原·次马致远先辈韵[1]

qìng dōng yuán cì mǎ zhì yuǎn xiān bèi yùn

张可久

zhāng kě jiǔ

诗情放，剑气豪，英雄不把穷通较[2]。江中斩蛟[3]，云间射雕[4]，席上挥毫[5]。他得志笑闲人[6]，他失脚闲人笑[7]。

注释：①**先辈**：已故的前辈。②**穷通**：指人生际遇的困厄与显达。**较**：计较。③**江中斩蛟**：晋周处曾入水斩蛟，为民除害。④**云间射雕**：北齐斛律光在随世宗狩猎时，曾射落大雕，被赞为云中射雕手。⑤**席上挥毫**：指酒席上即兴创作，才思敏捷。⑥**闲人**：食客，即所谓帮闲者。⑦**失脚**：此指失意、蹉跎。

春夜宴桃李园图　清·黄　慎

192

醉太平[①]·无题

张可久

人皆嫌命窘[②]，谁不见钱亲。水晶环入麦糊盆，才沾粘便滚[③]。文章糊了盛钱囤[④]，门庭改做迷魂阵[⑤]，清廉贬入睡馄饨[⑥]。胡芦提倒稳[⑦]！

注释：①**醉太平：**正宫调曲牌，又名《凌波曲》。句式为：四四七四、七七七四。②**命窘：**命运窘迫，穷困。③**"水晶环"二句：**大意是圆滑得像水晶丸一般，才粘着面糊盆的边缘就滚了进去。水晶环即水晶球，圆滑透亮，比喻狡猾世故的伪君子。麦糊盆，比喻污浊的官场环境。水晶环滚进面糊盆意谓圆滑的伪君子很快就和污浊环境合成一气。④**"文章"句：**意谓读书写文章也成了升官发财的手段。囤，用苇篾编织成的盛粮食的器具，这里指盛钱的器具。⑤**门庭：**本指门前空地，这里泛指宅院。**迷魂阵：**指歌楼妓馆。这里泛指坑害人的场所。⑥**"清廉"句：**意谓清廉的人被贬为昏聩糊涂的人。睡馄饨，比喻糊涂透顶的人。⑦**"胡芦提"句：**意思是糊里糊涂倒安稳。胡芦提，犹言稀里糊涂。也作"葫芦提"、"葫芦蹄"。

琴士图　明·唐寅

元曲三百首

193 迎仙客[①]·括山道中[②]

yíng xiān kè　kuò shān dào zhōng

zhāng kě jiǔ
张可久

yún rǎn rǎn　cǎo xiān xiān　shuí jiā yǐn jū shān bàn
云冉冉，草纤纤，谁家隐居山半

yān　shuǐ yān hán　xī lù xiǎn　bàn fú qīng lián
崦[③]。水烟寒，溪路险。半幅青帘[④]，

wǔ lǐ táo huā diàn
五里桃花店。

注释：①迎仙客：中吕宫曲牌。句式为：三三七、三三、四五。②括山：即括苍山，在浙江省东南部。③崦：山坳，隐蔽偏僻的地方。④青帘：古时酒店挂的幌子。

194 凭栏人·暮春即事

píng lán rén　mù chūn jí shì

zhāng kě jiǔ
张可久

xiǎo yù lán gān yuè bàn qiā　nèn lǜ chí táng chūn jǐ
小玉栏杆月半掐[①]，嫩绿池塘春几

jiā　niǎo tí fāng shù yā　yàn xián huáng liǔ huā
家。鸟啼芳树丫，燕衔黄柳花。

注释：①月半掐：形容农历月初或月尾的一弯眉月。掐：用拇指与别的指尖对握成圆圈形为一掐。半掐，半圆。

溪山秋色图　明·蓝　瑛

195 凭栏人·江夜

píng lán rén jiāng yè

zhāng kě jiǔ
张可久

jiāng shuǐ chéng chéng jiāng yuè míng, jiāng shàng hé rén chōu yù zhēng? gé jiāng hé lèi tīng, mǎn jiāng cháng tàn shēng。

江水澄澄江月明，江上何人搊玉筝[①]？隔江和泪听[②]，满江长叹声。

注释：①搊：弹奏。玉筝：一种弦拨乐器。以玉名筝，是对古筝的美称。②和泪：含泪。

烟江晚眺图　明·朱端

196 落梅风·春晓

luò méi fēng chūn xiǎo

张可久（zhāng kě jiǔ）

dōng fēng jǐng　xī zǐ hú　shī míng míng liǔ yān huā wù　huáng yīng luàn tí hú dié wǔ　jǐ qiū qiān dǎ jiāng chūn qù

东风景，西子湖①。湿冥冥柳烟花雾②，黄莺乱啼蝴蝶舞。几秋千打将春去③！

注释：①**西子湖**：即杭州西湖。因苏轼诗句："欲把西湖比西子，淡妆浓抹总相宜"，得名"西子湖"。②**湿冥冥**：很潮湿，形容湿气很浓的样子。③**"几秋千"句**：荡秋千的少女才荡了几下秋千，就把春天打发走了。形容春天去得快。将，语助词。

197 一半儿·秋日宫词

yī bàn ér qiū rì gōng cí

张可久（zhāng kě jiǔ）

huā biān jiāo yuè jìng zhuāng lóu　yè dǐ cāng bō lěng cuì gōu　chí shàng hǎo fēng xián yù zhōu　kě lián qiū　yī bàn ér fú róng yī bàn ér liǔ

花边娇月静妆楼，叶底沧波冷翠沟，池上好风闲御舟①。可怜秋②，一半儿芙蓉一半儿柳。

注释：①**御舟**：皇帝乘坐的舟船。②**可怜**：可爱。

柳村渔乐图　清·樊　圻

198

梧叶儿[①]·感旧

wú yè ér gǎn jiù

张可久

zhǒu hòu huáng jīn yìn　zūn qián bái yù zhī　yuè

肘後黄金印[②]，樽前白玉卮[③]，跃

mǎ shào nián shí　qiǎo shǒu chuān yáng yè　xīn shēng fù liǔ zhī

马少年时。巧手穿杨叶[④]，新声付柳枝[⑤]，

xìn bǐ hè méi shī　shuí huàn què hé láng bìn sī

信笔和梅诗[⑥]。谁换却何郎鬓丝[⑦]？

注释：①**梧叶儿**：商调曲牌。又名《碧梧秋》、《知秋令》。②**肘後黄金印**：喻官位显赫。典出《晋书·周顗传》："今年杀诸贼奴，取金印如斗大系肘。"故又作"斗大黄金印"。③**卮**：古代一种大的盛酒器，容量四升。④**穿杨叶**：即百步穿杨。在百步之外射穿选定的某一片叶子。传说古代楚国射手养由基就能百步穿杨。⑤**柳枝**：即《杨柳枝》，曲谱名。⑥**信笔**：随意挥毫。⑦**何郎**：三国魏附马何晏仪容俊美，平日喜修饰，粉白不去手，行走顾影，人称"傅粉何郎。"後即以"何郎"称喜欢修饰或面目俊美的青年男子。一说指南朝梁著名诗人何逊。

竹梧消夏图　明·仇　英

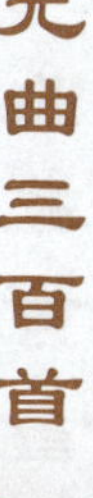

199 小梁州·失题①

张可久

篷窗风急雨丝丝②，闷捻吟髭③。淮阳西望路何之④？无一个鳞鸿至⑤。把酒问篙师⑥，迎头便说兵戈事。风流再莫追思。塌了酒楼，焚了茶肆。柳营花市⑦，更呼甚燕子莺儿⑧！

注释：①小梁州：正宫曲牌。分上、下片，在散曲中较少见。句式：上片七四、七三四，下片七六、三三、四五。**失题**：古诗词曲中的“失题”、“无题”，多是不便言明真意，故隐其题。②**篷窗**：小船篷上的窗户。③**闷捻吟髭**：因为愁闷难遣，而捻着胡须思索吟诗。吟髭，诗人的胡须。唐卢延让形容苦吟，有“吟安一个字，捻断数茎须”之句，故称吟髭。④**路何之**：路程怎么走。之，动词，往、去。⑤**鳞鸿**：即鱼雁，指代书信。这里指消息。⑥**篙师**：船夫。⑦**柳营花市**：犹言柳巷花街。指妓女居处。亦作柳营花花阵。⑧**燕子莺儿**：比喻妓女。

[illegible]舟图　明·沈周

200 金字经·感兴

jīn zì jīng gǎn xìng

张可久

zhāng kě jiǔ

野唱敲牛角①，大功悬虎头②，一剑能成万户侯。愁，黄沙白骷髅。成名後，五湖寻钓舟③。

yě chàng qiāo niú jiǎo dà gōng xuán hǔ tóu yī jiàn néng chéng wàn hù hóu chóu huáng shā bái kū lóu chéng míng hòu wǔ hú xún diào zhōu

注释：①**野唱敲牛角**：典出《艺文类聚》：春秋时，宁戚贫贱无以自达，一次齐恒公夜出迎客。宁戚正在牛车下喂牛，他敲打牛角悲伤地唱歌，齐桓公听到後，提拔他担任相国。②**虎头**：虎头金牌，皇帝授予武官方便行事的令牌。比喻大权在握。③**五湖寻钓舟**：指范蠡功成身退，五湖垂钓。喻退隐。

201 金字经·乐闲

jīn zì jīng lè xián

张可久

zhāng kě jiǔ

百年浑似醉①，满怀都是春，高卧东山一片云②。嗔③，是非拂面尘。消磨尽，古今无限人④。

bǎi nián hún sì zuì mǎn huái dōu shì chūn gāo wò dōng shān yī piàn yún chēn shì fēi fú miàn chén xiāo mó jìn gǔ jīn wú xiàn rén

注释：①**百年**：指人的一生。**浑**：全、皆。②**高卧东山**：东晋孝武帝时宰相谢安早年隐居东山，朝廷屡诏不仕，时人因言："安石不出，将如苍生何！"後即以"高卧东山"比喻隐居或隐士行径。**一片云**：南朝梁陶弘景隐居茅山不出，有诗答皇帝诏问云："山中何所有？岭上多白云。只可自怡悦，不堪持赠君。"这里借喻隐居的环境。③**嗔**：恼怒、怪怨。④**"是非"三句**：慨叹世俗的是非红尘困扰，销磨了古往今来的无数人。

202

塞鸿秋·春情

张可久

疏星淡月秋千院，愁云恨雨芙蓉面。伤情燕足留红线[1]，恼人鸾影闲团扇[2]。兽炉沉水烟[3]，翠沼残花片[4]。一行写入相思传[5]。

注释：①**芙蓉面**：形容女子美丽的容颜。**燕足留红线**：典出《丽情集·燕女坟》：宋末，姚玉京嫁後夫亡，玉京守志奉养公婆。一日，一只燕子悲鸣飞至玉京臂上，玉京以线系燕足，对它说：新春一定要来给我做伴。次年，孤燕果然飞来。自此秋去春来，前後六七年。後玉京病逝，孤燕再来，至玉京坟头，悲鸣死去。後以“燕足红线”比喻失偶的悲哀。②**鸾影**：据刘敬叔《异苑》载：罽宾国王买到一只鸾鸟，三年不鸣。後听夫人说鸾鸟见到同类则鸣，就用镜照它。鸾鸟见到镜中的影子，悲鸣冲霄，一奋而绝。又，古人常于团扇上画秦穆公女弄玉乘鸾仙去的故事。这里综合孤鸾与团扇二者，写女子独处春闺的离别相思之苦。③**兽炉**：兽形的香炉。**沉水烟**：即沉水香，俗名沉香，一种名贵香料，供燃焚。④**沼**：池塘。⑤**一行**：当即。

四季仕女图之春景　明·仇英

203

qìng xuān hé　máo shì chí tíng
庆宣和[①]·毛氏池亭

zhāng kě jiǔ
张可久

yún yǐng tiān guāng zhà yǒu wú　lǎo shù fú shū
云影天光乍有无[②]，老树扶疏[③]。

wàn bǐng gāo hé xiǎo xī hú　tīng yǔ　tīng yǔ
万柄高荷小西湖。听雨，听雨。

注释：①**庆宣和**：双调曲牌。句式：七四、七二二。②**天光**：日光。宋朱熹《观书有感》有诗句："半亩方塘一鉴开，天光云影共徘徊。"**乍有无**：时有时无。时隐时现。③**扶疏**：枝叶繁茂的样子。

204

mài huā shēng　huái gǔ
卖花声[①]·怀古

zhāng kě jiǔ
张可久

měi rén zì wěn wū jiāng àn　zhàn huǒ céng shāo chì bì
美人自刎乌江岸[②]，战火曾烧赤壁

shān　jiāng jūn kōng lǎo yù mén guān　shāng xīn qín hàn
山[③]，将军空老玉门关[④]。伤心秦汉，

shēng mín tú tàn　dú shū rén yī shēng cháng tàn
生民涂炭[⑤]，读书人一声长叹！

注释：①**卖花声**：中宫曲牌。句式：七七七、四四七。②**"美人"句**：美人，指虞姬，是项羽的宠姬。乌江，在今安徽和县东。据《史记·项羽本纪》载，项羽在垓下（今安徽灵璧东南）被汉军围困。夜里，在帐中悲歌痛饮，与美人虞姬诀别，然後乘夜突出重围。在乌江又被汉军追及，自刎而死。此言"美人自刎"，是活用典故。③**赤壁山**：在今湖北蒲圻县乌林对岸。东汉建安十三年（公元208年），孙权与刘备联军在此以火攻大败曹军。④**将军**：指东汉名将班超。据《後汉书·班超传》：班超长期驻守边境，年老思归，上疏说："臣不敢望到酒泉郡，但愿生入玉门关。"玉门关，汉武帝时设置，故址在今甘肃敦煌西北小方城。⑤**生民涂炭**：指人民生活在水深火热中。生民，即百姓，人民。涂炭，泥沼和炭火，比喻极困苦的境遇。

205 卖花声·客况

mài huā shēng kè kuàng

张可久（zhāng kě jiǔ）

shí nián luò tuò jiāng bīn kè jǐ dù léi hōng jiàn fú bēi nán ér wèi yù àn shāng huái yì huái yīn nián shào miè chǔ wéi shuài qì áng áng hàn tán sān bài

十年落魄江滨客[①]，几度雷轰荐福碑[②]，男儿未遇暗伤怀[③]。忆淮阴年少，灭楚为帅，气昂昂汉坛三拜[④]。

注释：①**落魄**：穷困失意。②**雷轰荐福碑**：据传范仲淹守鄱阳（今属江西）时，穷书生张镐来投，当时荐福寺有唐代书法家欧阳询所写的荐福寺碑文，其拓印本价值千钱。范仲淹拟拓印千本相赠，作张镐赴京赶考的盘缠。不料一夜之间，碑为雷击碎。後人常借这个故事比喻命运不佳。③**未遇**：即未受赏识，未得志。④**"忆淮阴年少"三句**：据《史记·淮阴侯列传》：韩信少年时家贫，曾到处寄食，受过胯下之辱。後因萧何力荐，被刘邦拜为大将，辅佐刘邦灭楚兴汉。

206 汉东山[①]·述感

hàn dōng shān shù gǎn

张可久（zhāng kě jiǔ）

hóng zhuāng jiàn cuì é luó qǐ liè shēng gē chóng chóng jīn yù duō shòu yòng yě mò gē èr guǐ wú cháng shàng mén he zěn de duǒ suǒ gòng tā jiàn yán luó

红妆间翠娥，罗绮列笙歌[②]，重重金玉多。受用也末哥[③]！二鬼无常上门呵[④]，怎地躲？索共他[⑤]，见阎罗。

注释：①**汉东山**：正宫调曲牌。又名撼动山。句式：五五五、二（也末哥），七三三三。②**红妆、翠娥、罗绮**：皆指美女。③**受用**：享受。**也末哥**：或作"也么歌"，表语气的衬字词组。④**二鬼无常**：指传说中阴曹地府勾魂索命的鬼差。有黑、白二无常，故称。⑤**索共他**：须跟他、须随他。

207

hóng xiù xié chūn qíng

红绣鞋·春情

rén yù

任昱

àn zhū bó yǔ hán fēng qiào shì luó yī yù jiǎn xiāng

暗朱箔雨寒风峭[①]，试罗衣玉减香

xiāo luò huā shí jié yuàn liáng xiāo yín tái dēng yǐng dàn

销[②]。落花时节怨良宵。银台灯影淡，

xiù zhěn lèi hén jiāo tuán yuán chūn mèng shǎo

绣枕泪痕交。团圆春梦少。

注释：①**暗朱箔：**使朱箔暗。**朱箔：**朱红色的帘子。**风峭：**风急。②**玉减香销：**形容女子身体消瘦。玉，指玉肌，比喻女子润泽莹洁玉白的肌肤。

临宋人画　明·仇英

208

dé shèng lìng
得胜令

zhāng zǐ jiān
张子坚

yàn bà qià chū gēng　bǎi liè zhe yù pīng tíng
宴罢恰初更①，摆列着玉娉婷②。
jǐn yī dā bái mǎ　shā lóng zhào dào xíng　qí shēng　chàng
锦衣搭白马，纱笼照道行③。齐声，唱
de shì　ā nà hū　shí xíng lìng　jiǔ qiě xiū zhēn
的是《阿纳忽》时行令④。酒且休斟，
ǎn dài jù yín ān mǎ shàng tīng
俺待据银鞍马上听⑤。

注释： ①**恰：** 才。②**玉娉婷：** 指亭亭玉立的美女。此处形容摆设富丽。③**纱笼：** 纱制的灯笼。④**阿纳忽：** 短幅散曲双调小令，全曲仅四句，四四六四句式，共十八字。**时行令：** 流行的曲调。⑤**待：** 要、打算。

秋浦并辔图　清·华嵒

209

qīng jiāng yǐn yī

清江引（一）

qián lín

钱霖

mèng huí zhòu cháng lián bàn juǎn, mén yǎn tú mí yuàn.

梦回昼长帘半卷，门掩荼蘼院[①]。

zhū sī guà liǔ mián, yàn zuǐ zhān huā piàn, tí yīng yī shēng

蛛丝挂柳绵，燕嘴粘花片，啼莺一声

chūn qù yuǎn.

春去远。

注释：①**荼蘼：**草本花名，初夏开花，花单生，白色。又作酴醾。

210

qīng jiāng yǐn èr

清江引（二）

qián lín

钱霖

ēn qíng yǐ suí wán shàn xiē, cuán dào chóu shí jié.

恩情已随纨扇歇[①]，攒到愁时节[②]。

wú tóng yī yè qiū, zhēn chǔ qiān jiā yuè, duō de shì jǐ

梧桐一叶秋，砧杵千家月[③]，多的是几

shēng ér yán wài tiě.

声儿檐外铁[④]。

注释：①**纨扇：**细绢制成的团扇，盛夏常用，入秋後就被弃置。常用来比喻女子被遗弃的悲剧命运。汉班婕妤写《团扇曲》即用团扇喻皇帝恩情断绝宫妃被遗弃。②**攒：**积聚。③**砧杵：**浣洗衣物时用的捣衣垫石和棒槌。此句指古代妇女秋凉时在月光下为丈夫捣制寒衣。④**檐外铁：**即铁马、檐马，也就是风铃，悬在屋檐下，风吹时琤琤作响。

仿韩熙载夜宴图之散宴　明·唐寅

211 醉高歌过摊破喜春来[1]·旅中

顾德润

长江远映青山，回首难穷望眼。扁舟来往蒹葭岸[2]，烟锁云林又晚。篱边黄菊经霜暗，囊底青蚨逐日悭[3]。破清思晚砧鸣[4]，断愁肠檐马韵[5]，惊客梦晓钟寒。归去难！修一缄[6]，回两字寄平安。

注释：①此曲为中吕宫带过曲。句式：《醉高歌》为六六七六，《摊破喜春来》为七七、六六六、三五。②**扁舟**：小船。**蒹葭**：芦苇。③**青蚨**：钱的代称。**悭**：欠缺、减少。此句是说口袋里的钱一天比一天少。④**晚砧**：黄昏时的捣衣声。⑤**檐马韵**：风吹檐间的风铃发出有节奏的响声。⑥**缄**：将信封上口，又代指书信。

扁舟图　清·王原祁

212

折桂令·春情

zhé guì lìng　chūn qíng

徐再思（xú zài sī）

平生不会相思，才会相思，便害相思。身似浮云，心如飞絮，气若游丝①。空一缕馀香在此②，盼千金游子何之③。症候来时④，正是何时？灯半昏时，月半明时。

píng shēng bù huì xiāng sī, cái huì xiāng sī, biàn hài xiāng sī. shēn sì fú yún, xīn rú fēi xù, qì ruò yóu sī. kōng yī lǚ yú xiāng zài cǐ, pàn qiān jīn yóu zǐ hé zhī. zhèng hòu lái shí, zhèng shì hé shí? dēng bàn hūn shí, yuè bàn míng shí.

注释：①**气若游丝**：气息微弱像空中飘浮的蛛丝。②**馀香**：指情人留下的定情物。③**何之**：到哪里去。之，往。④**症候**：疾病，这里指相思的痛苦。

瑶台步月图　宋·佚名

213 殿前欢·观音山眠松[1]

diàn qián huān guān yīn shān mián sōng

徐再思（xú zài sī）

lǎo cāng lóng　bì guāi gāo wò cǐ shān zhōng　suì

老苍龙[2]，避乖高卧此山中[3]。岁

hán xīn bù kěn wéi liáng dòng　cuì wān yán fǔ yǎng xiāng cóng

寒心不肯为梁栋[4]，翠蜿蜒俯仰相从[5]。

qín huáng jiù rì fēng　jìng jié hé nián zhòng　dīng gù dāng

秦皇旧日封[6]，靖节何年种[7]，丁固当

shí mèng　bàn xī míng yuè　yī zhěn qīng fēng

时梦[8]。半溪明月，一枕清风。

注释：①**观音山**：似指今南京观音门外的观音山。**眠松**：倒卧横生的松树。②**老苍龙**：比喻卧松，树皮如龙鳞。③**避乖**：与世乖离，避离世乱。④**岁寒心**：松柏岁寒常青不凋。《论语·子罕》："岁寒，然後知松柏之後凋也。"後比喻在困苦境遇中能保持节操。此句意谓宁愿高卧山中，保持清高的节操，不愿去作世间的栋梁之材。⑤**翠蜿蜒**：指缠绕在松树上的青藤翠蔓。⑥**秦皇旧日封**：秦始皇于二十八年登泰山，因风雨暴至，在松下避风雨，就封其树为五大夫。⑦**靖节**：指陶渊明，其《归去来辞》有诗句："三径就荒，松菊犹存。"⑧**丁固**：三国吴人，任尚书时曾梦到松树生其腹上，对人说他将会位至三公。後果封大司徒。

归去来辞之农人告余以春及图　明·马轼

214

shuǐ xiān zǐ · yè yǔ
水仙子·夜雨

xú zài sī
徐再思

yī shēng wú yè yī shēng qiū　yī diǎn bā jiāo yī diǎn chóu
一声梧叶一声秋[①]，一点芭蕉一点愁[②]，

sān gēng guī mèng sān gēng hòu　luò dēng huā qí wèi shōu
三更归梦三更後。落灯花棋未收[③]，

tàn xīn fēng gū guǎn rén liú　zhěn shàng shí nián shì
叹新丰孤馆人留[④]。枕上十年事[⑤]，

jiāng nán èr lǎo yōu　dōu dào xīn tóu
江南二老忧[⑥]，都到心头。

注释：①**“一声”句**：化用唐温庭筠《更漏子》词：“梧桐树，三更雨，不道离情正苦。一叶叶，一声声，空阶滴到明”。②**“一点”句**：化用李商隐《代赠》“芭蕉不展丁香结，同向春风各自愁”和李煜《长相思》“秋风多，夜雨和，帘外芭蕉三两窠，夜长人奈何”二首诗词意境。③**“落灯花”句**：化用宋代赵师秀《有约》诗“有约不来过夜半，闲敲棋子落灯花”诗句意。④**“叹新丰”句**：化用唐马周困新丰典故。据《新唐书·马周传》：唐初中书令马周在贫贱时，曾住在新丰（今陕西临潼东北）的旅舍，店主人不理睬他，备受冷落。⑤**“枕上”句**：化用黄庭坚《虞美人·宜州见梅作》“平生个里愿深怀，去国十年老尽少年心”词意。⑥**江南二老**：指在江南家乡的父母双亲。因作者家在江南，故云。

闲敲棋子图　清·禹之鼎

215 水仙子·红指甲

shuǐ xiān zǐ hóng zhǐ jiǎ

徐再思（xú zài sī）

luò huā fēi shàng sǔn yá jiān gōng yè yóu jiāng bīng zhù zhān

落花飞上笋牙尖[①]，宫叶犹将冰箸粘[②]，

dǐ yá guān yuè xiǎn de yīng chún yàn

抵牙关越显得樱唇艳[③]。

pà shāng chūn bù juǎn lián

怕伤春不卷帘，

pěng líng huā xiāng yìn zhuāng lián

捧菱花香印妆奁[④]。

xuě ǒu sī xiá shí lǚ

雪藕丝霞十缕[⑤]，

lòu zǎo bān xuè bàn diǎn

镂枣斑血半点[⑥]，

qiā liú láng chūn zài xiān xiān

掐刘郎春在纤纤[⑦]。

注释：①**笋牙尖**：即竹笋尖芽，比喻女性娇嫩尖细的手指甲。②**宫叶**：宫中红叶。喻红指甲。**冰箸**：即冰柱，冬天屋檐间雪水凝成的冰柱，喻女子洁白的手指。③**抵牙关**：即以手托腮。④**菱花**：指镜子。古代铜镜背面通常刻有菱花纹饰，故称。**妆奁**：古代妇女梳妆用的镜匣，亦称嫁妆。⑤**雪藕丝**：形容女子白嫩细长的手指。**霞**：形容红指甲。⑥**镂枣斑**：精雕而成的枣红色斑纹。形容红指甲。⑦**掐**：用手握，或用指甲按。**刘郎**：借指情郎。

妆靓仕女图　宋·苏汉臣

216

水仙子·马嵬坡①

徐再思

翠华香冷梦初醒②，黄壤春深草自青。羽林兵拱听将军令③，拥鸾舆蜀道行④。妾虽亡天子还京。昭阳殿梨花月色⑤，建章宫梧桐雨声⑥，马嵬坡尘土虚名。

注释：①**马嵬坡：**安史之乱时，唐玄宗李隆基仓惶出逃，护驾御林军在马嵬坡兵谏，杨玉环被迫自缢。②**翠华：**用翠羽装饰的旌旗，为皇帝仪仗。代指皇帝车驾。③**羽林兵：**皇帝禁卫军。**拱听：**拱手听命。**将军：**指陈玄礼。玄宗西逃到马嵬坡时，他要求处死杨氏兄妹。④**鸾舆：**皇帝乘坐的车。⑤**昭阳殿：**汉成帝所建的皇宫。此借指杨贵妃居处。⑥**建章宫：**汉代宫名，位于未央宫西。也借指杨贵妃居处。

出浴图　清·王　素

217 清江引·相思

qīng jiāng yǐn xiāng sī

徐再思（xú zài sī）

相思有如少债的①，每日相催逼。常挑着一担愁，准不了三分利②。这本钱见他时才算得。

xiāng sī yǒu rú shǎo zhài de，měi rì xiāng cuī bī。cháng tiāo zhe yī dàn chóu，zhǔn bù liǎo sān fēn lì。zhè běn qián jiàn tā shí cái suàn de。

注释：①**少债**：欠债。②**准不了**：抵不得，还不到。**三分利**：月息三分，指利息高。

218 凭栏人·春情

píng lán rén chūn qíng

徐再思（xú zài sī）

髻拥春云松玉钗，眉淡秋山羞镜台①。海棠开未开？粉郎来未来②？

jì yōng chūn yún sōng yù chāi，méi dàn qiū shān xiū jìng tái。hǎi táng kāi wèi kāi？fěn láng lái wèi lái？

注释：①**春云**：喻秀美的头发。**秋山**：喻未经描画而颜色浅淡的眉毛。**羞镜台**：害怕对着梳妆镜。②**粉郎**：三国魏时何晏美姿容，貌美面白，如同敷粉。後常以“傅粉何郎”代称美男子。这里指情郎。

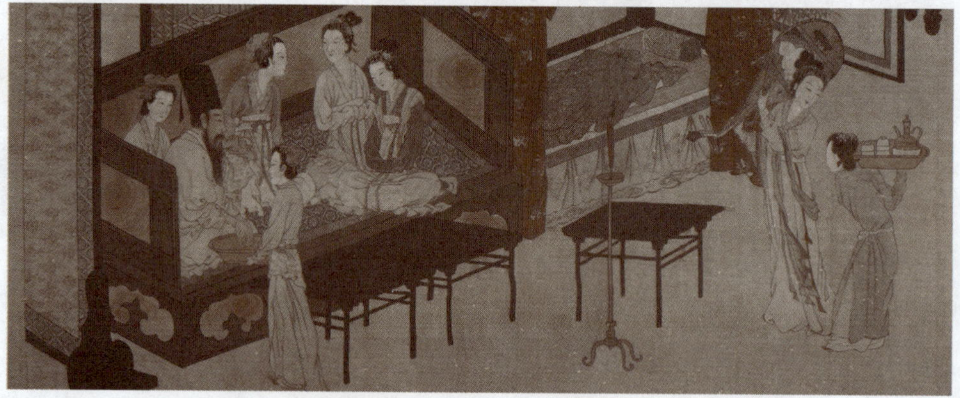

仿韩熙载夜宴图之歇息　明·唐　寅

元曲三百首

219

yáng chūn qǔ zèng hǎi táng

阳春曲·赠海棠[①]

xú zài sī

徐再思

yù huán mèng duàn fēng liú shì yín zhú gē chéng fù guì

玉环梦断风流事，银烛歌成富贵

cí dōng fēng yī shù yù yān zhī shuāng yàn zǐ céng

词[②]，东风一树玉胭脂[③]。双燕子，曾

jiàn zhèng kāi shí

见正开时。

注释：①**海棠**：喻美女杨玉环。据《太真外传》，杨玉环在酒醉未醒时被搀扶着来见唐玄宗，玄宗笑着说：“岂是妃子醉，真海棠睡未足耳。”後常以海棠、杨妃互喻，亦喻美人。②**富贵词**：指描写海棠的诗篇。海棠国色天香，与牡丹同有“富贵花”之称。③**东风**：春风。**玉胭脂**：比喻海棠花开放最盛时光泽如玉，红艳美丽。

千秋绝艳图之杨玉环　明·佚名

220

朝天子·西湖

(cháo tiān zǐ xī hú)

徐再思 (xú zài sī)

里湖，外湖①，无处是无春处。真山真水真画图，一片玲珑玉②。宜酒宜诗，宜晴宜雨，销金锅锦绣窟③。老苏④，老逋⑤，杨柳堤梅花墓⑥。

(lǐ hú，wài hú，wú chù shì wú chūn chù。zhēn shān zhēn shuǐ zhēn huà tú，yī piàn líng lóng yù。yí jiǔ yí shī，yí qíng yí yǔ，xiāo jīn guō jǐn xiù kū。lǎo sū，lǎo bū，yáng liǔ dī méi huā mù。)

注释：①**里湖、外湖：**杭州西湖以苏堤为界，分为里湖、外湖。西为里湖，东为外湖。②**一片玲珑玉：**形容山水清秀空明。③**销金锅：**周密《武林旧事·西湖游幸》："西湖天下景，朝昏晴雨，四序总宜，杭人亦无时而不游……日糜金钱，靡有既极，故杭谚有销金锅儿之号。"销金锅，喻挥金如土，用钱如沙，像销金的锅子一样。**锦绣窟：**言西湖是富贵风流的所在。④**老苏：**指宋代文学家苏轼，他曾先後两次在杭州任地方官，在他第二次到杭州任知州时，曾主持疏浚西湖，灌溉良田千馀顷。并利用湖中的淤泥筑堤，人称"苏堤"。⑤**老逋：**即北宋诗人林逋，号"和靖先生"，终身不仕，隐居西湖孤山，植梅养鹤，也不婚娶，旧时称其"梅妻鹤子"。⑥**杨柳堤：**指苏堤，与"老苏"相应。**梅花墓：**又称"和靖墓"，即林逋墓葬处。

梅鹤图　清·华嵒

221

梧叶儿·钓台①

wú yè ér diào tái

徐再思

xú zài sī

龙虎昭阳殿②，冰霜函谷关③，风月富春山④。不受千钟禄⑤，重归七里滩，赢得一身闲。高似他云台将坛⑥。

lóng hǔ zhāo yáng diàn, bīng shuāng hán gǔ guān, fēng yuè fù chūn shān. bù shòu qiān zhōng lù, chóng guī qī lǐ tān, yíng dé yī shēn xián. gāo sì tā yún tái jiàng tán.

注释：①**钓台**：指东汉严子陵垂钓处。②**龙虎昭阳殿**：意谓朝廷、皇宫是龙潭虎穴般的险恶之地，故称。昭阳殿喻皇后所居宫院。③**函谷关**：秦之东关，在今河南灵宝县南。深险如函，为军事要塞，故名。④**富春山**：为严子陵拒诏隐居地。七里滩为其垂钓的地方。⑤**千钟禄**：比喻高官厚禄。钟，古代容量单位，一钟为六斛四斗。⑥**云台将坛**：即天台，在东汉洛阳南宫，是表彰功臣名将的所在，与西汉麒麟阁相似。东汉朝廷曾将中兴功臣二十八名将领图像绘置其上。

222

梧叶儿·革步①

wú yè ér gé bù

徐再思

xú zài sī

山色投西去②，羁情望北游③，湍水向东流④。鸡犬三家店，陂塘五月秋⑤，风雨一帆舟。聚车马关津渡口⑥。

shān sè tóu xī qù, jī qíng wàng běi yóu, tuān shuǐ xiàng dōng liú. jī quǎn sān jiā diàn, bēi táng wǔ yuè qiū, fēng yǔ yī fān zhōu. jù chē mǎ guān jīn dù kǒu.

注释：①**革步**：渡口名。步，通埠。水边停船之处。一说革步为改变行程、路线意。②**投**：朝、向。③**羁情**：羁旅之情。④**湍**：急流、湍急。⑤**陂塘**：池塘。⑥**关津**：水陆交通要道。

223

梧叶儿·春思

徐再思

芳草思南浦①，行云梦楚阳②，流水恨潇湘③。花底春莺燕，钗头金凤凰，被面绣鸳鸯：是几等儿眠思梦想！

注释：①**思南浦**：指春来思念亲人。化用南朝梁江淹《别赋》："春草碧色，春水绿波。送君南浦，伤如之何"诗意。**南浦**：南面的水边。後泛指送别之地。②**行云梦楚阳**：化用宋玉《高唐赋序》："旦为行云，暮为行雨，朝朝暮暮，阳台之下"诗句意。③**流水恨潇湘**：化用李白《远离别》"远别离，古有皇英之二女，乃在洞庭之南，潇湘之浦。海南直下万里深，谁人不言此离苦"诗意。二女指舜之二妃娥皇、女英，追舜，为湘江所阻，恸哭而死。

224

梧叶儿·春思

徐再思

鸦鬓春云亸①，象梳秋月攲②，鸾镜晓妆迟。香渍青螺黛③，盒开红水犀④，钗点紫玻璃⑤。只等待风流画眉⑥。

注释：①**亸**：下垂。②**象梳**：象牙梳子。插在头上做装饰。**攲**：歪斜。③**青螺黛**：古代女子画眉的颜料。④**红水犀**：指用水犀皮制成的红色首饰盒。⑤**紫玻璃**：指紫色的水晶。⑥**风流画眉**：化用张敞为妻描眉的故事。这里写女子盼情人归来，共享闺房之乐。

225 喜春来·和则明韵[1]

xǐ chūn lái hè zé míng yùn

cáo dé
曹德

chūn yún qiǎo sì shān wēng mào　gǔ liǔ héng wéi dú mù qiáo
春云巧似山翁帽[2]，古柳横为独木桥，

fēng wēi chén ruǎn luò hóng piāo　shā àn hǎo　cǎo sè shàng luó páo
风微尘软落红飘[3]。沙岸好，草色上罗袍[4]。

注释：①**则明：**元散曲名家任昱的字。和韵，共三曲，选其二、三曲。②**山翁帽：**晋代襄阳太守山简每出游常醉归，倒著白头巾。这里借喻白云的奇巧。③**落红：**落花。④**草色上罗袍：**指游人的罗袍与青草颜色相同。北周庾信《哀江南赋》："青袍如草。"唐韦庄《曲江作》诗："青袍草色新。"

226 喜春来·和则明韵

xǐ chūn lái hè zé míng yùn

cáo dé
曹德

chūn lái nán guó huā rú xiù　yǔ guò xī hú shuǐ sì yóu
春来南国花如绣[1]，雨过西湖水似油。

xiǎo yíng zhōu wài xiǎo hóng lóu　rén bìng jiǔ　liào zì xià lián gōu
小瀛洲外小红楼[2]，人病酒[3]，料自下帘钩[4]。

注释：①**南国：**南方。②**瀛州：**古代传说中的仙山，与蓬莱、方丈并称三大仙山。此处小瀛洲指杭州西湖中一景。**红楼：**华丽楼房，女子所居，此处指歌楼舞榭一类游乐场所。③**病酒：**醉酒後身体不适，如病了一样。④**料：**料想。**下帘钩：**指放下窗帘，无心观赏春景。

明·文徵明
花坞春云图之二

227 三棒鼓声频[①]·题渊明醉归图

sān bàng gǔ shēng pín　tí yuān míng zuì guī tú

曹德（cáo dé）

xiān shēng zuì yě　tóng zǐ fú zhě　yǒu shī biàn
先生醉也，童子扶者[②]。有诗便
xiě　wú jiǔ chóng shē　shān shēng yě diào yù chàng xiē　sú
写，无酒重赊。山声野调欲唱些，俗
shì xiū shuō　wèn qīng tiān jiè dé sōng jiān yuè　péi bàn
事休说[③]。问青天借得松间月[④]，陪伴
jīn yè　cháng ān cǐ shí chūn mèng rè　duō shǎo háo jié
今夜。长安此时春梦热，多少豪杰。
míng zhāo jìng zhōng tóu sì xuě　wū mào nán zhē　xīng bān dà
明朝镜中头似雪，乌帽难遮。星般大
xiàn ér nán qì shě　wǎn rù lú shān shè　bǐ jí méi
县儿难弃舍[⑤]，晚入庐山社[⑥]。比及眉
wèi cuán　yāo yǐ zhé　chí le yě　qù guān táo jìng jié
未攒，腰已折。迟了也，去官陶靖节[⑦]！

注释：①**三棒鼓声频**：元代行乞时唱的时令小调，宫调已失。②**扶者**：即扶着。者，语助词。③**俗事**：尘俗事务，此处指追逐功名利禄等事。④**问**：向。⑤**星般大县儿**：指陶渊明曾任县令的彭泽县。⑥**庐山社**：晋代高僧慧远在庐山东林寺组织的白莲社。陶并未入社，但後世诗文常误认为他是白莲社的人。⑦**“比及”四句**：意谓陶渊明还没等到拒绝入白莲社，却早已出任县令，无异于向上司低头折腰了。他的辞官归隐实在显得太迟了。有人认为这是反传统的见解，认为一个洁身自好的人根本就不应该踏进官场。这是有感于元代官场黑暗腐败的现实而借陶渊明这位历史人物抒发出来的愤激之情。不能视作对陶渊明的客观评价。

渊明醉归图　明·张鹏

228

yàn ér luò dài guò dé shèng lìng

雁儿落带过得胜令[1]

gāo kè lǐ

高克礼

xún zhì zhēng bù zhì zhēng jì yán dìng xiān yán dìng

寻致争不致争[2]，既言定先言定。

lùn zhì chéng ǎn zhì chéng nǐ bó xìng shuí bó xìng qǐ

论至诚俺至诚[3]，你薄幸谁薄幸[4]？岂

bù wén jǔ tóu sān chǐ yǒu shén míng wàng yì duō yīng dāng zuì

不闻举头三尺有神明，忘义多应当罪

míng hǎi shén miào xiàn yǒu tā wéi zhèng sì wáng kuí fù guì

名[5]！海神庙见有他为证，似王魁负桂

yīng chěn kě kě hǎi shì shān méng xiù dài lǐ nán táo mìng

英，碜可可海誓山盟。绣带里难逃命，

qún dāo shàng gèng zì xíng huó qǔ le gè nián shào shū shēng

裙刀上更自刑。活取了个年少书生[6]。

注释：①**雁儿落带过得胜令：**双调带过曲，又名《鸿门凯歌》。②**寻：**常。**致争：**争气。③**至诚：**最诚实。④**薄幸：**薄情、负心、无情意。⑤**当罪名：**即担罪名，承当罪责。⑥**“海神庙”六句：**说王魁负桂英故事。落第才子王魁，得到妓女桂英的鼓励和全力资助。朝廷下诏求贤，桂英为他筹办盘缠。临行，二人同往海神庙盟誓，王魁发誓：“吾与桂英誓不相负，若生离异，神当击之。”後王魁中状元，负心另娶，并无情地怒斥桂英派去的送信人。桂英愤而自刎，後桂英的鬼魂夺去王魁性命。**碜可可：**形容凄惨，悲惨。

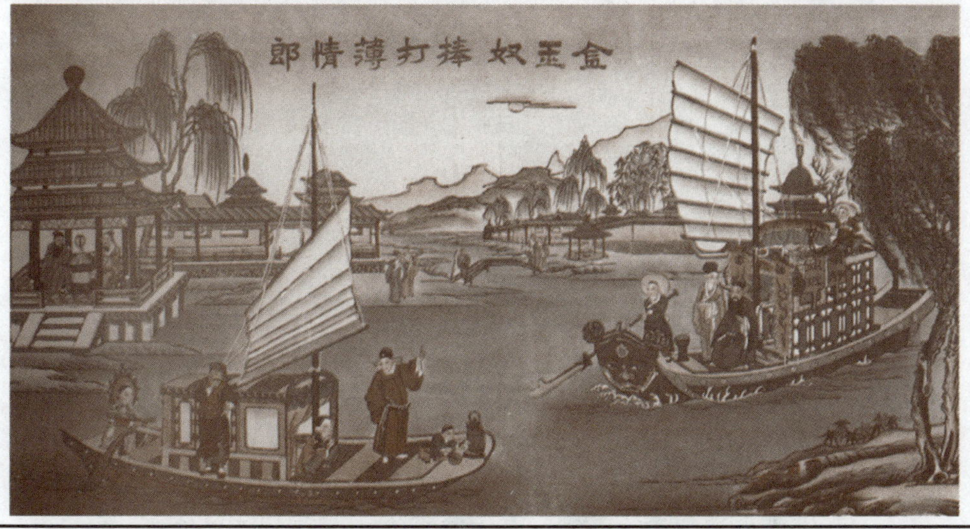

金玉奴棒打薄情郎·杨柳青年画

229 黄蔷薇带过庆元贞·天宝遗事[1]

高克礼

又不曾看生见长，便这般割肚牵肠。唤奶奶酩子里赐赏，撮醋醋孩儿也弄璋[2]。断送他潇潇鞍马出咸阳[3]，只因他重重恩爱在昭阳，引惹得纷纷戈戟闹渔阳[4]。哎，三郎[5]！睡海棠[6]，都则为一曲舞《霓裳》[7]。

注释：①**天宝**：唐玄宗李隆基年号（742—755）。②**“又不曾”四句**：讽刺杨贵妃认安禄山为养子，为安禄山洗儿的事。《资治通鉴·唐玄宗天宝六载》：“禄山得出入禁中，因请为贵妃儿，上与贵妃共坐，禄山先拜贵妃。上问其故，对曰：‘胡人先母而後父。’上悦。”同书《唐玄宗天宝十载》：“甲辰，禄山生日，上及贵妃赐衣服、宝器、酒馔甚厚，後三日，召禄山入禁中，贵妃以锦绣为大襁褓裹禄山，使宫人以彩舆舁之。上闻後宫欢笑，问其故，左右以贵妃三日洗禄儿对。上自往观之，喜，赐贵妃洗儿金银钱，复厚赐禄山，尽欢而罢。”**奶奶**：母亲。**酩子里**：暗地里。**撮醋醋**：打扮收拾得整整齐齐、漂漂亮亮的样子。撮，收拾。醋醋，即楚楚，鲜明整洁的样子。**弄璋**：古代生男孩，称为弄璋（玉器）；生女孩，谓之弄瓦（纺缍）。《诗经·小雅·斯干》：“乃生男子，载寝之床，载弄之璋。”③**咸阳**：战国时秦孝公所建都城，故址在今陕西长安县西之渭城故城。这里借指唐京都长安。④**渔阳**：唐代郡名，郡治在今河北蓟县。当时为安禄山辖地。白居易《长恨歌》：“渔阳鼙鼓动地来。”就指此处。⑤**三郎**：唐玄宗李隆基是睿宗李旦的第三个儿子，故称。⑥**睡海棠**：指杨玉环。⑦**则为**：只为。《**霓裳**》：即《霓裳羽衣曲》。杨玉环善舞此曲。

杨贵妃上马图　宋·钱选

230

diàn qián huān xǐng wù
殿前欢·省悟

lǐ bó zhān
李伯瞻

qù lái xī huáng jī zhuó shǔ zhèng qiū féi xún cháng
去来兮①！黄鸡啄黍正秋肥。寻常
lǎo wǎ pén biān zuì bù jì dōng xī jiào shān tóng tì shuō
老瓦盆边醉②，不记东西。教山童替说
zhī quán xiū zuì lǎo dì xiōng háng dōu shēn yì jīn
知③：权休罪④，老弟兄行都申意⑤。今
zhāo hùn rǎo lái rì huí xí
朝溷扰⑥，来日回席。

注释： ①**去来兮**：即归去来兮。意思是回家去吧。②**寻常**：常常。③**教**：叫。**替**：代替。④**权**：姑且、暂且。**休罪**：不要怪罪。⑤**行**：用于名词或代词後表复数。相当于“们”、“等”。一说行指行辈。**申意**：即致意。表明、使人明白心意。⑥**溷扰**：打扰、叨扰。

山庄客至图　清·袁　耀

231

zuì fú guī
醉扶归[1]

lǚ zhǐ ān
吕止庵

pín qù jiào rén jiǎng　bù qù zì jiā máng　ruò
频去教人讲[2]，不去自家忙[3]。若
dé xiāng sī hǎi shàng fāng　bù dào dé hài zhè xiē xián mó zhàng
得相思海上方[4]，不道得害这些闲魔障[5]。
nǐ xiào wǒ mián sī mèng xiǎng　zhǐ bù dǎ dào nǐ tóu zhí shàng
你笑我眠思梦想，只不打到你头直上[6]。

注释：①**醉扶归**：仙吕宫曲牌。句式为：五五、七五、七五。②**频**：频繁。③**忙**：此处指内心忙乱、急迫不安。④**海上方**：指医治相思病的仙方。秦始皇曾派方士到海上去寻求长生不老的药方。因称仙方为“海上方。”⑤**不道得**：用不着，不至于。**害**：招致。**魔障**：佛家语，魔王所设的障碍。本指能夺人生命，障碍人做善事的恶鬼神。泛指意外、波折。此处指相思病。⑥**打到**：轮到，碰到。**头直上**：即头上。直上，上面。

扶醉图　宋·钱选

寄生草·感世

jì shēng cǎo　gǎn shì

232

查德卿（zhā dé qīng）

姜太公贱卖了磻溪岸[1]，韩元帅命博得拜将坛[2]。羡傅说守定岩前版[3]，叹灵辄吃了桑间饭[4]，劝豫让吐出喉中炭[5]。如今凌烟阁一层一个鬼门关[6]，长安道一步一个连云栈[7]。

jiāng tài gōng jiàn mài le pán xī àn，hán yuán shuài mìng bó dé bài jiàng tán。xiàn fù yuè shǒu dìng yán qián bǎn，tàn líng zhé chī le sāng jiān fàn，quàn yù ràng tǔ chū hóu zhōng tàn。rú jīn líng yān gé yī céng yī gè guǐ mén guān，cháng ān dào yī bù yī gè lián yún zhàn。

注释：①**磻溪：** 在今陕西宝鸡市东南。相传姜太公（吕尚）曾在这里垂钓遇到周文王，後辅佐武王灭纣。贱卖，说其不值，不该出仕，不该轻易罢隐做官。②**韩元帅：** 韩信。汉高祖筑坛斋戒，拜他为大将。韩信在“灭项兴刘”的斗争中，建立了十大功劳，後被吕后杀害。此处说韩信是用生命为代价才得到拜将封王的名位。③**傅说：** 殷高宗时贤相，曾在傅岩做奴隶筑墙。後被殷高宗举为相，殷国大治。版，版筑，筑墙。④**灵辄：** 晋灵公时人，家境贫穷，打猎时遇到赵宣子，大夫赵宣子让人送饭给他和他母亲吃。灵辄知恩图报。後灵辄在晋灵公属下从军，晋灵公派灵辄刺杀赵宣子，灵辄却为报一饭之恩而倒戈相救。⑤**豫让：** 原是智伯的家臣，後来智伯被韩、赵、魏三家所灭，他认为“士为知己者死”，乃“漆身为癞，吞炭为哑”，毁形变容，为智伯报仇。事败被杀。见《史记·刺客列传》。⑥**凌烟阁：** 唐太宗为表彰大功臣而建的高阁，阁上绘有功臣图像。後以此喻褒扬功臣的场所。⑦**长安道：** 喻指仕途。**连云栈：** 与云相接高悬云天的险恶的栈道。此句形容仕途艰难。

江岸停琴图　明·仇英

233

jì shēng cǎo · jiàn bié

寄生草·间别[1]

zhā dé qīng

查德卿

yīn yuán bù jiǎn zuò xié yàng　bǐ yì niǎo bó le chì

姻缘簿剪做鞋样[2]，比翼鸟搏了翅

hàn　huǒ shāo cán lián lǐ zhī chéng tàn　zhēn qiān xiā bǐ mù

翰[3]。火烧残连理枝成炭，针签瞎比目

yú ér yǎn　shǒu róu suì bìng tóu lián huā bàn　zhì jīn chāi

鱼儿眼[4]。手揉碎并头莲花瓣。掷金钗

diān duàn fèng huáng tóu　rào chí táng zuó suì yuān yāng dàn

攧断凤凰头[5]，绕池塘捽碎鸳鸯弹[6]。

注释：①**间别**：指夫妻或情人遭人离间而彼此分手。②**姻缘簿**：缔结婚姻的文书簿册。③**比翼鸟**：相传比翼鸟一目一翅，须两只比翼鸟并拢挨靠才能飞。比喻形影不离的爱侣。搏，通“膊”，分裂肢体。**翅翰**：即翅膀。翰，鸟的羽毛。④**签瞎**：刺瞎。⑤**攧**：摔、跌。⑥**捽**：抓。**弹**：指禽鸟的蛋。

荷花鸳鸯图　清·唐艾

一半儿·拟美人八咏

查德卿

234 ## 春梦

　　梨花云绕锦香亭①，蝴蝶春融软玉屏，花外鸟啼三四声。梦初惊，一半儿昏迷一半儿醒。

235 ## 春困

　　琐窗人静日初曛②，宝鼎香消火尚温③，斜倚绣床深闭门。眼昏昏，一半儿微开一半儿盹④。

注释：①**云绕**：如彩云缭绕。**锦香亭**：繁花似锦的园亭。②**琐窗**：镂刻有连锁图案的窗棂。**曛**：日落、黄昏。③**宝鼎**：香炉。④**盹**：目光迟顿貌。

晓寒图　清·改琦

236 春妆

chūn zhuāng

zì jiāng yáng liǔ pǐn tí rén　xiào niǎn huā zhī bǐ jiào chūn　shū yǔ hǎi táng sān sì fēn　zài tōu yún　yī bàn ér yān zhī yī bàn ér fěn

自将杨柳品题人①，笑捻花枝比较春，输与海棠三四分。再偷匀②，一半儿胭脂一半儿粉。

237 春愁

chūn chóu

yàn tīng yě què yǔ diāo yán　pà jiàn yáng huā pū xiù lián　niān qǐ xiù zhēn hái dào niān　liǎng méi jiān　yī bàn ér wēi shū yī bàn ér liǎn

厌听野雀语雕檐，怕见杨花扑绣帘，拈起绣针还倒拈。两眉尖，一半儿微舒一半儿敛。

注释：①自将：自取、自拿。品题：评赏。②匀：调匀脂粉，化妆美容。

缝衣图　清·吴求

238 春醉

chūn zuì

hǎi táng hóng yùn rùn chū yán yáng liǔ xì yāo wǔ zì piān xiào yǐ yù nú jiāo yù mián fěn láng qián yī bàn ér zhī wú yī bàn ér ruǎn

海棠红晕润初妍①，杨柳细腰舞自偏，笑倚玉奴娇欲眠②。粉郎前③，一半儿支吾一半儿软。

239 春绣

chūn xiù

lǜ chuāng shí yǒu tuò róng zhān yín jiǎ pín jiāng cǎi xiàn xián xiù dào fèng huáng xīn zì xián àn chūn xiān yī bàn ér duān xiàng yī bàn ér yǎn

绿窗时有唾茸粘④，银甲频将彩线挦⑤。绣到凤凰心自嫌⑥。按春纤⑦，一半儿端相一半儿掩⑧。

注释：①“海棠”句：化用杨贵妃酒醉唐玄宗以“海棠睡未足”比喻其醉态典故。**妍**：美丽。②**玉奴**：梅花的别名。③**粉郎**：这里指情郎。④**茸**：同绒，刺绣用丝线。唾茸，指刺绣时吐出用嘴咬断的丝线头。⑤**银甲**：形容女子晶莹如雪的指甲。**挦**：扯，拔取。⑥**自嫌**：自怨自艾，不高兴。⑦**春纤**：形容女子的手指纤细。⑧**端相**：审视，仔细地看。

豪家佚乐图之二 清·杨晋

240 春夜

柳绵扑槛晚风轻，花影横窗淡月明，翠被麝兰熏梦醒。最关情①，一半儿温馨一半儿冷。

241 春情

自调花露染霜毫②，一种春心无处托，欲写又停三四遭。絮叨叨，一半儿连真一半儿草③。

注释：①**关情**：牵动情怀。②**霜毫**：指毛笔。③**真**：指真书，即汉字的正楷。**草**：指草书。

吮笔敲诗图 清·范雪仪

242

昼夜乐①·冬

zhòu yè lè dōng

赵显宏

zhào xiǎn hóng

风送梅花过小桥，飘飘，飘飘地乱舞琼瑶②。水面上流将去了，觑绝时落英无消耗③，似那人水远山遥。怎不焦？今日明朝，今日明朝，又不见他来到。佳人佳人多命薄，今遭，难逃，难逃他粉悴烟憔④，直恁般鱼沉雁杳⑤。谁承望拆散了鸾凰交⑥，空教人梦断魂劳。心痒难揉，心痒难揉，盼不得鸡儿叫。

注释：①**昼夜乐**：曲牌名，句式为：上片七二、七七、七七、三四四六。下片七二二、七七、七七、四四六。其中第三句首二字须叠上句，第八、九两个四字句须叠用。本篇为作者四季组曲的一首。②**琼瑶**：美玉。比喻梅花。③**觑绝**：看不见。**落英**：落花。**消耗**：消息，音讯。④**粉悴烟憔**：意为懒施粉脂，女子形容憔悴。⑤**直恁般**：就这样。**鱼沉雁杳**：比喻书信断绝。鱼、雁，指书信。⑥**鸾凰交**：比喻夫妇、情侣的交谊。

仿韩熙载夜宴图之清吹 明·唐寅

243

diàn qián huān xián jū

殿前欢·闲居

zhào xiǎn hóng

赵显宏

qù lái xī dōng lín chūn jìn jué yá féi huí tóu
去来兮！东林春尽蕨芽肥①。回头
nǎ gù míng hé lì fù yǔ xī yí xià cháng shēng bù sǐ
那顾名和利，付与希夷②。下长生不死
qí yǎng sān cùn yuán yáng qì luò yī jiào hún lún shuì
棋，养三寸元阳气③，落一觉浑沦睡④。
yīng huā guò yǎn ōu lù wàng jī
莺花过眼⑤，鸥鹭忘机⑥。

注释： ①**东林：** 指晋名僧慧远所居庐山东林寺。**蕨：** 一种野生植物，嫩叶可食，又名蕨菜。②**希夷：** 指北宋初著名道士陈抟，宋太宗赐号“希夷先生”。相传他入睡百日不醒。③**元阳气：** 中医谓人体元气之根本为元阳气，藏于丹田，在脐下三寸之处。④**浑沦睡：** 形容睡得很安稳。浑沦，即混沌，形容酣然无知。⑤**莺花过眼：** 比喻富贵繁华如过眼云烟。⑥**鸥鹭忘机：** 意谓山野隐居之人常与鸥鹭水鸟相伴，已泯除了世俗欺诈机巧之心，具有淡泊宁静的心境。

244

diàn qián huān xián jū

殿前欢·闲居

zhào xiǎn hóng

赵显宏

qù lái xī táo huā liú shuǐ guì yú féi shān shū
去来兮！桃花流水鳜鱼肥①。山蔬
yě cài piān zī wèi xuán pō xīn pēi hú xún xiē dōng
野菜偏滋味②，旋泼新醅③。胡寻些东
yǔ xī pīn le gè xǐng ér zuì bù guǎn tā tiān hé
与西④，拚了个醒而醉，不管他天和
dì pén gān wèng jié fāng xǔ táo xí
地。盆干瓮竭，方许逃席。

注释： ①**鳜鱼肥：** 化用唐张志和《渔父》词句：“西塞山前白鹭飞，桃花流水鳜鱼肥。”②**偏：** 多、最、特有。③**旋泼新醅：** 指新酿而未过滤的酒。旋，刚刚。泼，通酦，酿造。④**东与西：** 即东西。这里指盛酒的器具。

245

diàn qián huān　tí gē zhě chǔ yún
殿前欢·题歌者楚云

zhào xiǎn hóng
赵显宏

chǔ yún xián　rèn tā gū yàn jiào cāng hán　qù
楚云闲[①]，任他孤雁叫苍寒[②]。去
liú shū juǎn wú xīn guàn　jù sàn zhī jiān　chèn xī fēng chū
留舒卷无心惯[③]，聚散之间。趁西风出
yuǎn shān　suí jí shuǐ liú shēn jiàn　wéi mù yǔ mí xiāo hàn
远山，随急水流深涧，为暮雨迷霄汉[④]。
yáng tái shì yǐ　qín lǐng fēi huán
阳台事已[⑤]，秦岭飞还[⑥]。

注释：①**楚云**：楚天的流云。这里谐音作者所题赠的歌妓“楚云”名。**闲**：悠闲自在意。②**苍寒**：此处指苍天。③**无心惯**：无意于持久。惯，持久、固守。④**“趁西”三句**：以浮云的行踪不定，比喻楚云沦落风尘，俯仰随人的歌妓生涯。⑤**阳台事已**：借巫山云雨典故，隐喻“歌者”被召歌舞献艺或陪伴欢会事了。⑥**秦岭**：指终南山，在今陕西西安市南。这里暗用唐韩愈《左迁至蓝关示侄孙湘》诗：“云横秦岭家何在？”既切楚云之名，又暗示其无家可归的歌妓生涯。

木落西风图　清·蔡嘉

246

diàn qián huān méi huā
殿前欢·梅花

jǐng yuán qǐ
景元启

yuè rú yá　zǎo tíng qián shū yǐng yìn chuāng shā
月如牙①，早庭前疏影印窗纱②。
táo chán lǎo bǐ yīng nán huà　bié yàng qīng jiā　jù hú chuáng
逃禅老笔应难画③，别样清佳。据胡床
zài kàn zán　shān qī mà　wèi shèn qíng qiān guà　dà
再看咱④，山妻骂⑤，为甚情牵挂？大
dōu lái méi huā shì wǒ　wǒ shì méi huā
都来梅花是我⑥，我是梅花。

注释：①**月如牙**：指新月。②**疏影**：指梅花在月光映照下疏朗轻倩的姿影。③**逃禅老笔**：此指南宋画家杨无咎，字补之，号“逃禅老人”，善画梅花，有词集名《逃禅》。逃禅，信奉佛禅，以逃避尘世的烦恼。老笔，犹巧笔。④**据**：靠着。**胡床**：交椅，一种可折叠的坐具，由胡地传入。又称交床、绳床。**咱**：语尾助词，无义。⑤**山妻**：对自己妻子的谦称。⑥**大都来**：大概，多半。

踏雪行吟图　明·周臣

247 喜春来·赠茶肆[1]

李乘

茶烟一缕轻轻飏，搅动兰膏四座香[2]，烹煎妙手赛维扬[3]。非是谎，下马试来尝。

注释：①茶肆：茶馆。②兰膏：古代用泽兰提炼成的油脂，有香气。也泛指有香气的油脂。③维扬：旧时扬州府的别称。

248 喜春来·赠茶肆

李乘

金尊满劝羊羔酒[1]，不似灵芽泛玉瓯[2]，声名喧满岳阳楼。夸妙手，博士更风流[3]。

注释：①金尊：即金樽，金制的酒杯。羊羔酒：用糯米、肥羊肉、麦粉等一起酿的酒，味甘滑，又称“羔儿酒”。②不似：不如，不及。灵芽：茶叶的美称。玉瓯：指杯、碗之类沏茶的器皿。③博士：宋代茶肆、酒坊的侍应，统称博士。

林榭煎茶图　明·文徵明

249

shuǐ xiān zǐ zì zú

水仙子·自足

yáng cháo yīng

杨朝英

xìng huā cūn lǐ jiù shēng yá shòu zhú shū méi chǔ shì

杏花村里旧生涯，瘦竹疏梅处士

jiā shēn gēng qiǎn zhòng shōu chéng bà jiǔ xīn chōu yú xuán

家①，深耕浅种收成罢。酒新篘，鱼旋

dǎ yǒu jī tún zhú sǔn téng huā kè dào jiā cháng fàn

打②，有鸡豚竹笋藤花③。客到家常饭，

sēng lái gǔ yǔ chá xián shí jié zì liàn dān shā

僧来谷雨茶④，闲时节自炼丹砂⑤。

注释：①**处士**：有才德隐居不仕的人。②**篘**：用竹篾编成的滤酒用的器具。**旋打**：刚刚打上来。③**豚**：小猪。④**谷雨茶**：谷雨时节采摘的新茶。⑤**丹砂**：朱砂，矿物名，道家炼丹多用。

杏花村图·杨柳青年画

250 清江引

qīng jiāng yǐn

yáng cháo yīng
杨朝英

qiū shēn zuì hǎo shì fēng shù yè　rǎn tòu xīng xīng xuè
秋深最好是枫树叶，染透猩猩血[1]。
fēng niàng chǔ tiān qiū　shuāng jìn wú jiāng yuè　míng rì luò
风酿楚天秋[2]，霜浸吴江月[3]。明日落
hóng duō qù yě
红多去也！

注释：①**猩猩血：** 比喻枫叶的颜色鲜红。②**酿：** 本意是酿酒，此处引申为酝酿、促成、加深的意思。**楚天：** 即南方天空。③**吴江：** 吴淞江，这里泛指南方的河流。

251 梧叶儿·客中闻雨

wú yè ér　kè zhōng wén yǔ

yáng cháo yīng
杨朝英

yán tóu liū　chuāng wài shēng　zhí xiǎng dào tiān míng
檐头溜[1]，窗外声，直响到天明。
dī de rén xīn suì　guō de rén mèng zěn chéng　yè yǔ hǎo
滴得人心碎，聒得人梦怎成[2]？夜雨好
wú qíng　bù dào wǒ chóu rén pà tīng
无情，不道我愁人怕听[3]。

注释：①**檐头溜：** 屋檐下的滴水。②**聒：** 嘈杂吵闹。③**不道：** 不顾、不管。

雨赏图　清·戴本孝

252 喜春来·春晚

xǐ chūn lái chūn wǎn

zhōu dé qīng
周德清

dèng tiāo xié yuè míng jīn chàn huā yā chūn fēng duǎn mào yán
鞓挑斜月明金韂①，花压春风短帽檐。

shuí jiā lián yǐng yù xiān xiān zhān cuì yè
谁家帘影玉纤纤②？粘翠靥③，

xiāo xī lù méi jiān
消息露眉尖④。

注释：①**鞓**：同镫，马镫，马鞍两边的脚踏。**韂**：马鞯，即障泥。垫在马鞍下，垂在马背两旁遮挡泥土的工具。②**帘影玉纤纤**：形容女子纤细的手在帘上的投影。③**翠靥**：古代女子面部装饰用的翠绿的饰物。**消息**：指春意。

253 喜春来·别情

xǐ chūn lái bié qíng

zhōu dé qīng
周德清

yuè ér chū shàng é huáng liǔ yàn zǐ xiān guī fěi cuì lóu
月儿初上鹅黄柳①，燕子先归翡翠楼，

méi hún xiū nuǎn fèng xiāng gōu
梅魂休暖凤香篝②。

rén qù hòu yuān bèi lěng duī chóu
人去後，鸳被冷堆愁③。

注释：①**鹅黄**：幼鹅毛色淡黄，借以形容初春新发芽的杨柳枝淡黄娇嫩。②**梅魂**：指熏香像梅魂，即具有梅花的芬芳。**凤香篝**：一种铜制的凤形熏香笼。此句写少妇独居空闺，无心燃点薰笼，使它发出缕缕梅花的暗香。③**鸳被**：绣有鸳鸯的被子。

四季仕女图之秋景 明·仇英

254

骂玉郎带过感皇恩采茶歌①·恨别

钟嗣成

风流得遇鸾凰配②，恰比翼便分飞③，彩云易散琉璃脆④。没揣地钗股折，厮琅地宝镜亏，扑通地银瓶坠⑤。

香冷金猊⑥，烛暗罗帏。支刺地搅断离肠，扑速地淹残泪眼，吃答地锁定愁眉⑦。

天高雁杳⑧，月皎乌飞⑨。暂别离，且宁耐，好将息⑩。你心知，我诚实，有情谁怕隔年期。去後须凭灯报喜⑪，来时长听马频嘶。

注释：①此带过曲属南吕宫。句式：七六七、三三三（骂玉郎）四四、三三三、四四、三三三（感皇恩）。三三七、七七（采茶歌）。②**鸾凰配**：鸾、凰均属凤凰类。比喻婚姻相称相配，美好。③**恰**：才、刚刚。**比翼**：指两鸟相伴齐飞。比喻爱侣的亲密。④**“彩云”句**：唐白居易《简简吟》：“大都好物不坚牢，彩云易散琉璃脆。”此用其成句，比喻好景不长。⑤**没揣**：没料到，突然。**厮琅、扑通**：均为象声词。**钗股折、银瓶坠**：用唐白居易《井底引银瓶》诗：“井底引银瓶，银瓶欲上丝绳绝；石上磨玉簪，玉簪欲成中央折。瓶沉簪折知奈何，似妾今朝与君别。”**亏**：缺。指不圆，比喻夫妻分离。⑥**金猊**：用金属制的兽形香炉。⑦**支刺、扑速、吃答**：均为象声词。此三句形容离别的痛苦。⑧**雁杳**：音讯断绝，不知离人行踪。⑨**月皎**：用古诗十九首“明月何皎皎，照我罗床帏。忧愁不能寐，揽衣起徘徊”诗意。**乌**：指传说日中的三足金乌，指代太阳。乌飞，喻时间流逝。⑩**宁耐**：忍耐。**将息**：养息、休养。⑪**须凭**：当须，会借。**灯报喜**：旧时认为灯花爆闪预兆喜事，出门在外的亲人将要归来。

255 凌波仙·吊陈以仁[①]

líng bō xiān diào chén yǐ rén

钟嗣成

zhōng sì chéng

qián táng rén wù jìn piāo líng lài yǒu sī rén shàng lǎo
钱塘人物尽飘零[②]，赖有斯人尚老

chéng wèi cháo yuán kǒng fù xū huáng mìng fèng xiāo hán hè
成[③]。为朝元恐负虚皇命[④]。凤箫寒鹤

mèng jīng jià tiān fēng zhí shàng péng yíng zhī táng jìng huì
梦惊，驾天风直上蓬瀛[⑤]。芝堂静，蕙

zhàng qīng zhào xū liáng luò yuè kōng míng
帐清[⑥]，照虚梁落月空明[⑦]。

注释：①**陈以仁**：字存甫，杭州人，元曲家。钟嗣成《录鬼簿》卷下称其"以家务雍容，不求闻达，日与南北士大夫交游……能博古，善讴歌。其乐章间出一二，俱有骈丽之句"。②**钱塘**：即杭州。③**斯人**：此人。指陈以仁。**老成**：年高有德，或文章老练。④**朝元**：唐有朝元阁，此谓礼拜神仙。**虚皇**：道教太虚之神。此句是说陈以仁因礼拜天神而被挽留，他惟恐辜负天神的旨意，就不再回到人间了。即婉言其死。⑤**蓬瀛**：蓬莱、瀛洲，传说海上仙山名。**芝堂、蕙帐**：常以称道士清静之居。⑦**"照虚梁"句**：化用杜甫《梦李白》诗："落月满屋梁，犹疑照颜色。"借以抒写对已去世的友人的悼念之情。

蓬壶春晓图 清·王 云

256

醉太平·归隐[1]（一）

汪元亨

辞龙楼凤阙[2]，纳象简乌靴[3]。栋梁材取次尽催折[4]，况竹头木屑。结知心朋友着疼热[5]，遇忘怀诗酒追欢悦[6]，见伤情光景放痴呆[7]。老先生醉也[8]！

注释：①**归隐**：归隐为作者一百首《归田录》中一部分。其中《警世》二十首。另以归隐、归田为题作《中吕·朝天子》、《双调·沉醉东风》、《双调·折桂令》、《双调·雁儿落过得胜令》各二十首。总题《归田录》。本书选归隐共四首。②**龙楼凤阙**：指帝王宫殿。③**纳**：归还、退回。**象简**：象牙制的笏板。明代以前，一至五品官上朝用牙笏。**乌靴**：黑缎官靴。④**取次**：任意、随便、逐渐。⑤**着疼热**：关切、体贴痛痒冷热。⑥**忘怀**：此指难以忘怀的好朋友。⑦**放痴呆**：装出痴呆的样子。放，仿效，装做。⑧**老先生**：作者自指。

花溪渔隐图　明·陆治

257

醉太平·归隐（二）

汪元亨

憎苍蝇竞血①，恶黑蚁争穴②。急流中勇退是豪杰，不因循苟且③。叹乌衣一旦非王谢④，怕青山两岸分吴越⑤，厌红尘万丈混龙蛇⑥。老先生去也！

注释：①**苍蝇竞血**：苍蝇争着舔血腥之物。此句意为厌恶世人为功名利禄而争斗不休。②**恶**：痛恨、厌恶。**黑蚁争穴**：比喻人间自相摧残。③**因循**：沿袭旧时的做法。**苟且**：马虎随便、得过且过。④**乌衣**：即乌衣巷。在今南京市秦淮河西，东晋时豪族王导、谢安两大贵族住地。此句化用刘禹锡《乌衣巷》诗“朱雀桥边野草花，乌衣巷口夕阳斜。旧时王谢堂前燕，飞入寻常百姓家”的诗意。⑤**分吴越**：指春秋末吴越两国对立争斗，多次用兵。因借指军事割据，战乱不休。⑥**红尘**：人世、尘俗。**混龙蛇**：龙蛇混杂，好坏真假不分。

东山丝竹图　元·佚名

zuì tài píng guī yǐn sān

258 醉太平·归隐（三）

wāng yuán hēng

汪元亨

yuán liú tóu jùn jié gǔ suǐ lǐ jiāo shē zhé

源流头俊杰①，骨髓里骄奢②。折

chuí yáng jǐ dù zèng lí bié shào nián xīn wèi xiē tūn xiù

垂杨几度赠离别，少年心未歇。吞绣

xié chēng de yān hóu liè zhì jīn qián xué de shēn qū qiè

鞋撑的咽喉裂③，掷金钱踅的身躯趄④，

piàn fěn qiáng diān de tuǐ tǐng zhé lǎo xiān shēng hài yě

骗粉墙掂的腿梃折⑤。老先生害也⑥！

注释：①**源流头**：水发源处，泛指事物的源头根底。②**骄奢**：骄横、奢侈、荒淫、放纵。③**吞绣鞋**：把酒杯放在女子绣鞋中行酒，是旧时风流场中的放荡行为。④**掷金钱**：把金钱抛掷在地上，众人争抢，是旧时妓院盛行的游戏。**踅**：来回乱转。**趄**：脚步不稳。⑤**骗**：跨越。**掂**：与“踮”通，提起脚跟，脚尖着地。**腿梃**：指大腿的直骨。梃，直。⑥**害**：受到伤害。

孟蜀宫妓图　明·唐寅

259 醉太平·归隐（四）

zuì tài píng guī yǐn sì

汪元亨

wāng yuán hēng

dù liú guāng diàn chè　zhuǎn fú shì fēng chē　bù
度流光电掣①，转浮世风车②。不
guī lái dào dà shì chī dāi　tiān jìng zhōng bái xuě　tiān shí
归来到大是痴呆③，添镜中白雪。天时
liáng niǎn zhǐ tiān shí rè　huā zhī kāi huí shǒu huā zhī xiè
凉捻指天时热④，花枝开回首花枝谢，
rì tóu gāo zhǎ yǎn rì tóu xié　lǎo xiān shēng wù yě
日头高眨眼日头斜。老先生悟也！

注释：①**流光：**指光阴。**电掣：**如闪电般一闪而过。②**浮世风车：**比喻世事无常，如旋转不停的风车。浮世，人间、人世。③**到大：**程度副词，绝大、非常、十分。④**捻指：**犹弹指，形容时间过得很快。

秋江待渡图　明·仇英

260

沉醉东风[①]·归田

汪元亨

籴陈稻新舂细米[①]，采生蔬熟做酸齑[②]。凤栖杀凰莫飞，龙卧死虎休起[③]。不为官那场伶俐[④]，槿树花攒绣短篱[⑤]，到胜似门排画戟[⑥]。

注释：①**籴**：买进，专指买粮食。②**酸齑**：腌制的酸菜。**齑**：细碎的腌菜。③"**凤栖**"**二句**：比喻归隐老死于田园，决不复起。凤凰、龙虎都是比喻隐居的高士。④**伶俐**：清净、闲逸。⑤**槿树**：木槿，落叶灌木，可做篱笆。**攒**：聚集。**绣**：将细小之物缠连成一片。⑥**门排画戟**：为古宫殿、官府门第的仪仗。唐代规定，三品以上高官才得立戟于门。

临宋人画　明·仇英

261

折桂令

汪元亨

二十年尘土征衫①，铁马金戈②，火鼠冰蚕③。心不狂谋，言无妄发，事已多谙④。黑似漆前程黯黯，白如霜衰鬓斑斑。气化相参⑤，谲诈难甘⑥。冷笑渊明，高访图南⑦。

注释：①**征衫**：远行人的衣衫。②**铁马**：披铁甲的战马。**金戈**：兵器。此句指饱经战乱。③**火鼠冰蚕**：古代传说中的两种珍异动物。东方朔《十洲记》载：炎洲有火林山，山中有火光兽，大如鼠。相传用火鼠毛织成的布耐火，称为火浣布。王嘉《拾遗记》载：有冰蚕，以霜雪覆之然後作茧。相传用冰蚕丝织物水打不湿，火烧不着。④**谙**：熟悉。⑤**气化相参**：指阴阳二气互相作用变化相生。意谓天地之规律难以预测。⑥**谲诈**：诡诈、欺诳。**难甘**：难以甘心、忍受。⑦**高访**：敬仰地拜访。**图南**：宋代著名隐士陈抟，字图南。此句是说陶渊明虽然辞官归隐，却依然结庐人境，未离尘世，不如离世高隐、沉酣睡乡的陈抟。

桃花源图　明·陆治

cháo tiān zǐ guī yǐn

朝天子·归隐

wāng yuán hēng

汪元亨

róng huá mèng yī chǎng gōng míng zhǐ bàn zhāng shì fēi

荣华梦一场，功名纸半张，是非

hǎi bō qiān zhàng mǎ tí tà suì jìn jiē shuāng tīng jǐ

海波千丈①。马蹄踏碎禁街霜①，听几

dù tóu jī chàng chén tǔ yī guān jiāng hú xīn liàng

度头鸡唱③。尘土衣冠，江湖心量④。

chū huáng jiā fèng wǎng mù yí qí shǒu yáng tàn hán péng

出皇家凤网⑤，慕夷齐首阳⑥，叹韩彭

wèi yāng zǎo nà zhǐ fēng mó zhuàng

未央⑦。早纳纸风魔状⑧。

注释：①**“是非”句：**比喻人间是非纷起，如大海风波，使人惊心动魄。②**禁街：**宫廷中的道路，皇城的街道。②**头鸡唱：**头遍鸡鸣，此句谓做官辛苦，鸡叫头遍，就要骑马上朝。③**心量：**胸怀、器度。**江湖心量：**指心中怀有退隐江湖之志。④**皇家凤网：**指封建朝廷的名位，如诱人的罗网。⑤**夷齐首阳：**指周武王时，伯夷、叔齐不食周粟，隐居首阳山，最後饿死。⑥**韩彭：**指韩信、彭越，二人均为辅佐刘邦夺天下的大功臣，汉初被封为诸侯王，後却被吕后以谋反罪名处死。**未央：**未央宫，吕后所居。韩、彭皆被杀于此宫。⑦**风魔：**疯魔，此处指装疯佯狂。汉代蒯通有奇谋，善辩，曾劝韩信叛汉，韩信事发，他佯狂遁去。**状：**文书。此句是说趁早装疯卖傻，递上一份辞职表归隐吧。

归去来辞图之云无心以出岫　明·李　在

263

shuǐ xiān zǐ　jī shí
水仙子[①]·讥时

zhāng míng shàn
张鸣善

pū méi shān yǎn zǎo sān gōng　luǒ xiù xuān quán xiǎng wàn
铺眉苫眼早三公[②]，裸袖揎拳享万
zhōng　hú yán luàn yǔ chéng shí yòng　dà gāng lái dōu shì hǒng
钟[③]，胡言乱语成时用。大纲来都是哄[④]，
shuō yīng xióng shì yīng xióng　wǔ yǎn jī qí shān míng fèng　liǎng
说英雄是英雄。五眼鸡岐山鸣凤[⑤]，两
tóu shé nán yáng wò lóng　sān jiǎo māo wèi shuǐ fēi xióng
头蛇南阳卧龙[⑥]，三脚猫渭水飞熊[⑦]！

注释：①**水仙子**：双调曲牌名。又名《凌波仙》、《湘妃怨》、《冯夷曲》。②**铺眉苫眼**：装模作样目中无人。指才智庸劣却又装腔作势的人。**三公**：国君手下负责军政事务的最高长官。周代以太师、太傅、太保为三公，西汉以大司马、大司徒、大司空为三公，东汉至魏晋以太尉、司徒、司空为三公。此处泛指高官。③**裸袖揎拳**：捋衣袖、伸拳头，形容不讲理的样子。**万钟**：优厚俸禄。钟，古代容量单位，容六斛四斗（十斗为一斛）。④**大纲来**：元人口语，终究、总之。**哄**：哄骗。⑤**五眼鸡**：好斗的公鸡。**岐山**：在今陕西岐山东北。周的发源地，传说周代将兴时有凤凰鸣于岐山。⑥**两头蛇**：不祥之物，传说凡见两头蛇的人必死。**南阳卧龙**：指诸葛亮，曾隐居南阳（今湖北襄阳）。徐庶称之为“卧龙”。⑦**三脚猫**：喻不中用的人。**渭水飞熊**：指姜子牙。传说他曾在渭水边钓鱼，周文王外出打猎，占卜的卜辞说：“你所得到的非熊非罴，而是能辅佐你成帝王的人。”後来果然在渭水边遇见吕尚（即姜子牙姜太公）。吕尚辅佐周文王、周武王平定天下，建立周朝。後世把“非熊”误为“飞熊”，并有文王梦见飞熊而得到吕尚的故事。

二顾茅庐图·杨柳青年画

264

tiān jìng shā　qī yuè

天净沙[①]·七月

mèng fǎng

孟昉

xīng yī yún zhǔ jiān jiān　lù líng yù yè juān juān

星依云渚溅溅[②]，露零玉液涓涓[③]，

bǎo qì shuāi lán jiǎn jiǎn　bì tiān rú liàn　guāng yáo běi dǒu

宝砌衰兰剪剪[④]。碧天如练，光摇北斗

lán gān

阑干[⑤]。

注释：①**天净沙：**曲牌名，属越调。②**云渚：**银河。**溅溅：**流水声。③**零：**这里指露水降落。**涓涓：**细水慢流的样子。④**宝砌：**指玉石砌成的台阶。**剪剪：**整齐的样子。⑤**阑干：**纵横或横斜的样子。唐刘方平《月夜》诗：“更深月色半人家，北斗阑干南斗斜。”

澄江寒月图　元·赵雍

265

人月圆①

倪瓒

伤心莫问前朝事，重上越王台②。鹧鸪啼处，东风草绿，残照花开③。怅然孤啸④，青山故国，乔木苍苔。当时明月⑤，依依素影⑥，何处飞来？

注释：①**人月圆**：也作词调，格律相同。②**越王台**：遗址位于浙江绍兴府山南麓，相传春秋时越王勾践曾于此点兵。③**"鹧鸪"三句**：化用唐李白《越中览古》诗："宫女如花满春殿，只今唯有鹧鸪飞。"④**怅然**：失意的样子。⑤**当时**：此指宋朝时候。⑥**素影**：皎洁的月光。

关山夜月图 清·袁 江

266 折桂令[①]·拟张鸣善[②]

zhé guì lìng nǐ zhāng míng shàn

倪瓒（ní zàn）

cǎo máng máng qín hàn líng què shì dài xīng wáng què
草茫茫秦汉陵阙[③]。世代兴亡，却

biàn sì yuè yǐng yuán quē shān rén jiā duī àn tú shū dāng
便似月影圆缺。山人家堆案图书[④]，当

chuāng sōng guì mǎn dì wēi jué hóu mén shēn hé xū cì
窗松桂，满地薇蕨[⑤]。侯门深何须刺

yè bái yún zì kě yí yuè dào rú jīn shì shì nán
谒[⑥]，白云自可怡悦。到如今世事难

shuō tiān dì jiān bù jiàn yī gè yīng xióng bù jiàn yī gè
说。天地间不见一个英雄，不见一个

háo jié
豪杰。

注释：①**折桂令**：曲牌名，又名《蟾宫曲》、《天香引》。②**拟**：模拟。③**陵阙**：帝王的坟墓。④**山人**：山居者，多指隐士。此处为作者自称。⑤**薇蕨**：两种野生植物，可食用。此处暗用周初伯夷、叔齐不食周粟，隐于首阳山采薇蕨为食的故事，表示作者不与元统治者合作的态度。⑥**侯门**：指显贵之家。**刺谒**：投名片求见，拜访。刺，古代在竹简上刺上名字，所以叫“刺”，相当于今天的名片。

267 凭栏人[①]·赠吴国良[②]

píng lán rén zèng wú guó liáng

倪瓒（ní zàn）

kè yǒu wú láng chuī dòng xiāo míng yuè chén jiāng chūn wù
客有吴郎吹洞箫，明月沉江春雾

xiǎo xiāng líng bù kě zhāo shuǐ yún zhōng huán pèi yáo
晓。湘灵不可招[③]，水云中环珮摇[④]。

注释：①**凭栏人**：越调曲牌名。②**吴国良**：作者友人，宜兴荆溪人。③**湘灵**：传说中舜的两个妃子，死後成为湘水女神。楚辞《远游》篇有“湘灵鼓瑟”句，可知二妃擅长奏乐。④**环珮**：古代女子佩带的玉饰。

268

醉太平

刘庭信

泥金小简①，白玉连环②。牵恨惹恨两三番，好光阴等闲③。景阑珊绣帘风软杨花散④，泪阑干绿窗雨洒梨花绽⑤，锦斓斑香闺春老杏花残⑥。奈薄情未还⑦。

注释：①**泥金小简**：用金粉绘饰的信笺。②**白玉连环**：用白玉制成的串连而不可解的环套。表示紧密相连，不可分离。③**等闲**：寻常，随便，轻易。④**阑珊**：残败、衰落、将尽。⑤**泪阑干**：泪水纵横纷流。**绽**：开放。⑥**锦斓斑**：形容缤纷的落花。⑦**奈**：无奈。**薄情**：薄情人。指所思念者。

梨花仕女图　清·沙馥

269

sài hóng qiū　huǐ wù
塞鸿秋·悔悟

liú tíng xìn
刘庭信

sū qīng xiě xià jīn shān hèn，shuāng shēng dé gè fēng liú xìn。yà xiān bù shì fū rén fèn，yuán hé zhōng shòu shí nián kùn。féng kuí dào dǐ cūn，shuāng jiàn cóng lái nèn，sī liáng wéi yǒu wáng kuí jùn。

苏卿写下金山恨，双生得个风流信①。亚仙不是夫人分，元和终受十年困②。冯魁到底村③，双渐从来嫩④，思量惟有王魁俊⑤。

注释：①**“苏卿”二句**：庐州妓苏小卿与书生双渐相爱，双渐去求官，久去不归。茶商冯魁将小卿买去，小卿在金山的寺院中留下书信。双渐中状元後，寻找小卿，追至金山，得苏卿留信，一夜千里赶到临安（今杭州），终于夺回苏卿，结为夫妇。②**“亚仙”二句**：据唐朝白行简传奇小说《李娃传》：荥阳公子郑元和因恋长安妓女李娃（即亚仙）而耗尽资费，其父得知後痛打郑元和，几乎鞭打至死，抛弃街头，沦为乞丐达十年之久，後被李娃救护并帮他取得功名，两人终成夫妇，父子也和好如初。③**村**：粗俗、不文雅。④**嫩**：不老练。⑤**王魁**：王魁一向作为负心男子的典型而遭谴责，这里作者正话反说，借以讽刺当时的社会是非不分，美丑颠倒，以抒发其愤世嫉俗的情怀。

李亚仙刺目·杨柳青年画

元曲三百首

270 寨儿令·戒嫖荡[1]

zhài ér lìng jiè piáo dàng

刘庭信

liú tíng xìn

没算当[2]，不斟量，舒着乐心钻套项[3]。今日东墙，明日西厢，着你当不过连珠箭急三枪[4]。鼻凹里抹上些砂糖[5]，舌尖上送与些丁香[6]。假若你便铜脊梁，者莫你是铁肩膀[7]，也擦磨成风月担儿疮[8]。

méi suàn dāng bù zhēn liáng shū zhe lè xīn zuān tào xiàng jīn rì dōng qiáng míng rì xī xiāng zhuó nǐ dāng bù guò lián zhū jiàn jí sān qiāng bí āo lǐ mǒ shàng xiē shā táng shé jiān shàng sòng yǔ xiē dīng xiāng jiǎ ruò nǐ biàn tóng jí liáng zhě mò nǐ shì tiě jiān bǎng yě cā mó chéng fēng yuè dān ér chuāng

注释：①**戒嫖荡**：刘庭信共写《寨儿令·戒嫖荡》十五首，所选为第二、第五首。②**没算当**：不会算计。③**套项**：圈套。④**当不过**：敌不过。**连珠箭、急三枪**：都是比喻妓女拉拢降服嫖客的手段。⑤**"鼻凹"句**：意谓弄点甜头引诱嫖客。⑥**丁香**：一种香料，可含于口中。又名"鸡舌香"，诗词中常用比喻女子的舌头。此句指妓女以接吻等亲热动作引诱嫖客。⑦**者莫**：尽管、假若、即使。⑧**风月**：指男女情事。

临宋人画之宋人狎妓图　明·仇英

271

寨儿令·戒嫖荡

刘庭信

搭扶定，推磨杆，寻思了两三番。把郎君几曾是人也似看？只争不背上驮鞍[①]，口内衔环，脖项上把套头拴。咫尺的月缺花残[②]，滴溜着枕冷衾寒[③]。早回头寻个破绽，没忽的得些空闲，荒撇下风月担儿赸[④]。

注释：①**只争：**只差。②**咫尺：**形容距离很近。咫，八寸。这里借指时间的短暂。**月缺花残：**比喻欢情消散。③**滴溜：**快速旋转。这里犹言转眼之间。④**荒撇：**抛弃。**赸：**离去，走开。此句是劝告嫖客卸下重担，脱身自由。

莲塘纳凉图　清·金廷标

272

折桂令①

刘庭信

想人生最苦离别。三个字细细分开，凄凄凉凉无了无歇。别字儿半晌痴呆，离字儿一时拆散，苦字儿两下里堆叠。他那里鞍儿马儿身子儿劣怯②，我这里眉儿眼儿脸脑儿乜斜③。侧着头叫一声行者，搁着泪说一句听者：得官时先报期程，丢丢抹抹远远的迎接④。

注释：①折桂令：双调。作者以此曲牌共写《忆别》十二首。本篇及以下二曲为其中第二、四、九首。②劣怯：即趔趄，脚步歪斜、站立不稳、步态踉跄的样子。③乜斜：眯着眼睛斜视。此处形容愁眉苦脸、目光呆滞的神情。④丢丢抹抹：梳妆打扮。

江亭饯别图　明·杜瓊

273

折桂令
zhé guì lìng

刘庭信
liú tíng xìn

xiǎng rén shēng zuì kǔ lí bié yàn yǎo yú chén xìn duàn yīn jué jiāo mó yàng shèn shí céng diū mǒ hǎo shí guāng shuí céng shòu yòng qióng jiā huó zhú rì bēng zhuài cái guò le yī bǎi wǔ rì shàng fén de rì yuè zǎo lái dào èr shí sì yè jì zào de shí jié dǔ dǔ mò mò zhōng suì bā jié gū gū lìng lìng chè yè zī jiē huān huān xǐ xǐ pàn de tā huí lái qī qī liáng liáng lǎo le rén yě

想人生最苦离别。雁杳鱼沉，信断音绝。娇模样甚实曾丢抹①，好时光谁曾受用，穷家活逐日绷拽②。才过了一百五日上坟的日月③，早来到二十四夜祭灶的时节④。笃笃寞寞终岁巴结⑤，孤孤另另彻夜咨嗟⑥。欢欢喜喜盼的他回来，凄凄凉凉老了人也！

注释：①**甚实曾**：何曾，何尝。**丢抹**：梳妆打扮。②**绷拽**：勉强支撑、硬撑。③**一百五日**：即寒食日。清明节前一（或二）日距上一年冬至日，刚好一百零五天。④**二十四夜祭灶**：旧俗，每年农历腊月二十四（或二十三）日夜间祭“灶王爷”。⑤**笃笃寞寞**：宋元俗语，盘旋徘徊的意思。**巴结**：辛苦、努力。⑥**咨嗟**：叹息。

春雁江南图　清·吴　历

274

折桂令
zhé guì lìng

刘庭信
liú tíng xìn

想人生最苦别离。不甫能喜喜欢欢[①]，翻做了哭哭啼啼[②]。事到今朝，休言去後，且问归期。看时节勤勤的饮食[③]，沿路上好好的将息[④]。娇滴滴一捻儿年纪[⑤]，碜磕磕两下里分飞[⑥]。急煎煎盼不见雕鞍[⑦]，呆答孩软弱身己[⑧]。

注释：①不甫能：即"甫能"。意谓好不容易、才能够、刚刚。②翻：反而。③看时节：按时令。④将息：休息、调养。⑤一捻儿：一点点儿。⑥碜磕磕：凄惨、悲惨样子。磕磕，语助词，无义。⑦急煎煎：焦急的样子。雕鞍：借指骑马远行的情郎。⑧呆答孩：发呆的样子。身己：身体。

马鞍山·杨柳青年画

275

沉醉东风·维扬怀古[1]

汤式

锦帆落天涯那搭[2]，玉箫寒江上谁家[3]？空楼月惨凄，古殿风潇洒。梦儿中一度繁华，满耳边声起暮笳[4]。再不见看花驻马。

注释：①**维扬**：扬州的别称。②**“锦帆落”句**：化用李商隐《隋宫》诗“玉玺不缘到日角，锦帆应是到天涯”诗意。**那搭**：哪里。③**“玉箫寒”句**：化用杜牧《寄扬州韩绰判官》“二十四桥明月夜，玉人何处教吹箫”诗意。④**边声**：边境响起的羌管、胡笳、画角、马嘶声。**笳**：古代西域少数民族的一种管乐器。

胡笳十八拍　清·樊圻

276

山坡羊·书怀示友人

shān pō yáng　shū huái shì yǒu rén

汤式

驰驱何甚[①]，乖离忒恁[②]，风波犹自连头浸[③]。自沉吟[④]，莫追寻，田文近日多门禁[⑤]。炎凉本来一寸心。亲，也在您；疏，也在您。

注释： ①**驰驱何甚：** 意为奋力奔波，极卖力。②**乖离忒恁：** 意为抵触对立非常厉害。**忒：** 过于、太甚。**恁：** 如此、这样。③**犹自：** 仍然、还是。**连头浸：** 意为淹没过头顶。此句指遭到意外的打击，几乎隐于没顶之灾。④**沉吟：** 深思、寻思。⑤**田文：** 战国时的孟尝君。蓄门客数千，以好招贤蓄士著称。**门禁：** 指宫门的禁令，以稽查出入。或守卫、警戒。此指设置障碍从中作梗的人。

携琴访友图·杨柳青年画

277 太常引[1]

刘燕歌

故人别我出阳关[2]，无计锁雕鞍[3]。今古别离难，蹙损了蛾眉远山[4]。一尊别酒，一声杜宇，寂寞又春残。明月小楼间，第一夜相思泪弹。

注释：①**太常引：**仙吕宫曲牌。句式为：七五、五七。四四五、五七。②**故人：**旧交、老友。**阳关：**在今甘肃敦煌市西南，为汉置的古代通西域的要塞。泛指离别之地。③**无计：**没有办法。**锁雕鞍：**锁住鞍马，意为留住离人。雕鞍，借指坐骑。④**蛾眉远山：**指美女的秀眉。远山，以山比喻女子美丽的眉毛。

都门柳色图　明·文伯仁

278

shuǐ xiān zǐ qiǎn huái

水仙子·遣怀

wú míng shì

无名氏

bǎi nián sān wàn liù qiān cháng fēng yǔ yōu chóu yī bàn
百年三万六千场①，风雨忧愁一半
fáng yǎn ér lǐ qù xīn ér shàng xiǎng jiào wǒ bìn
妨②。眼儿里觑③，心儿上想，教我鬓
biān sī zěn de dāng bǎ liú nián zǐ xì tuī xiáng yī
边丝怎地当④？把流年子细推详⑤：一
rì yī gè qiǎn zhuó dī chàng yī yè yī gè huā zhú dòng
日一个浅酌低唱，一夜一个花烛洞
fáng néng yǒu de duō shǎo shí guāng
房，能有得多少时光？

注释：①**场**：某种活动的经历过程。此指一天的活动。②**妨**：损害、妨碍。③**觑**：看、瞧。④**怎地当**：如何担当得起。指鬓发挡不住忧愁烦恼的侵袭而变白了。⑤**流年**：光阴，年华。因年华易逝如流水，故称。**子细**：即仔细。**推详**：推算明白。

东吴招亲·杨柳青年画

279

寄生草·闲评

jì shēng cǎo xián píng

无名氏

wú míng shì

wèn shèn me xū míng lì guǎn shèn me xián shì fēi
问甚么虚名利，管甚么闲是非。
xiǎng zhe tā jī shān hú liè jǐn zhàng shí chóng shì zhǐ bù rú
想着他击珊瑚列锦帐石崇势[①]，只不如
xiè luó lán nà xiàng jiǎn zhāng liáng tuì xué qǔ tā zhěn qīng fēng
卸罗襕纳象简张良退[②]，学取他枕清风
pū míng yuè chén tuán shuì kàn le nà wú shān qīng sì yuè shān
铺明月陈抟睡[③]。看了那吴山青似越山
qīng bù rú jīn zhāo zuì le míng zhāo zuì
青，不如今朝醉了明朝醉[④]。

注释：①**石崇：**西晋贵族，以豪奢著称。《世说新语·汰侈》载：石崇与晋武帝的舅舅王恺竞比豪奢。王恺手拿晋武帝赐给他的二尺来高的稀世珍物珊瑚树在石崇面前炫耀。石崇一看就用铁如意把珊瑚树击碎，然後拿出六七个三四尺高、堪称绝世的珊瑚树给王恺看。又《晋书·石崇传》载：王恺用紫丝布制成步障排列四十里长，石崇则用锦缎制成步障排列五十里长，压倒王恺。②**卸：**脱下。**罗襕：**古代高级官员官服。**纳：**交还。**象简：**用象牙制成的朝笏，于上朝时记事用。**张良退：**汉朝开国元勋张良，功成身退，辞官上山访仙求道。③**陈抟：**宋初著名隐士，相传他能一睡百日不醒。隐于华山，宋太宗赐号“希夷先生”。④**“看了”句：**化用宋初著名隐士林逋《长相思》“吴山青，越山青，两岸青山相送迎”诗句。

金谷园图　清·华嵒

280 梧叶儿

wú míng shì
无名氏

qiū lái dào， jiàn jiàn liáng， sài yàn ér wǎng nán xiáng
秋来到，渐渐凉，塞雁儿往南翔[1]。
wú tóng shù， yè yòu huáng。 hǎo qī liáng， xiù bèi ér kòng
梧桐树，叶又黄。好凄凉，绣被儿空
xián le bàn zhāng
闲了半张。

注释：①塞雁：北方边塞的雁。

281 喜春来

wú míng shì
无名氏

zhǎi cái shān kèn ān pái shòu， dàn sǎo é méi zhǔn bèi
窄裁衫裉安排瘦[1]，淡扫蛾眉准备
chóu， sī jūn yī dù yī dēng lóu。 níng wàng jiǔ， yàn guò
愁[2]，思君一度一登楼。凝望久，雁过
chǔ tiān qiū
楚天秋。

注释：①裉：上衣靠腋下的缝线处。俗称挂肩。此句指思妇有意把衣服裁剪得窄小一些，免得因相思而消瘦时穿着不合身。②蛾眉：以蚕蛾的须比喻女子长而美的眉毛。

虢国夫人游春图　唐·张　萱

282

叨叨令

无名氏

黄尘万古长安路[1]，折碑三尺邙山墓[2]，西风一叶乌江渡[3]，夕阳十里邯郸树[4]。老了人也么哥[5]！老了人也么哥！英雄尽是伤心处。

注释： ①**黄尘**：指昏黄的尘土。由于在长安路上求取功名的人极多，车水马龙扰得尘土飞扬。**万古**：言历时久远。② **“折碑”句**：意为葬在北邙山的王侯公卿今天连三尺墓碑也被折断了。折碑，断损的墓碑。邙山，在今河南洛阳市东北。③**乌江渡**：楚霸王项羽兵败自刎的地方。④**邯郸树**：唐人沈既济《枕中记》，用黄粱梦故事写卢生做了一场美梦，醒来，满目所见不过是十里斜阳，萧森古树。汤显祖根据这个故事，编成《邯郸记》传奇。⑤**也么哥**：词尾衬词。

夕阳雁落图　清·高简

283

叨叨令

无名氏

绿杨堤畔长亭路[1]，一樽酒罢青山暮。马儿离了车儿去，低头哭罢抬头觑。一步步远了也么哥！一步步远了也么哥！梦回酒醒人何处？

注释：①**长亭**：秦汉时十里置亭，为行人休息及饯别之处，称长亭。後指送别之处。

284

叨叨令

无名氏

溪边小径舟横渡，门前流水清如玉。青山隔断红尘路[1]，白云满地无寻处。说与你寻不得也么哥，寻不得也么哥，却原来侬家鹦鹉洲边住[2]。

注释：①**红尘路**：通往繁华尘世的路径。②**侬**：我，吴语的自称。侬家犹言“吾家”。**鹦鹉洲**：在今湖北武汉市西南江中。这里泛指隐者栖居的水滨。

285

hóng xiù xié
红绣鞋

wú míng shì
无名氏

又不是天魔鬼祟①，又不是触犯神祇②，又不曾坐筵席伤酒共伤食③。师婆每医的邪病④，大夫每治的沉疾⑤，可教我羞答答说甚的？

注释：①**天魔鬼祟**：指被魔鬼所害，俗称中邪。天魔，天子魔的简称。鬼祟，鬼物害人。②**神祇**：天地神灵。神指天神，祇指地神。③**伤酒共伤食**：饮酒食过量使脾胃受伤。**共**：和，与。④**师婆**：女巫。**每**：们。⑤**沉疾**：重病。

村医图 宋·李唐

286 寨儿令

无名氏

鸳帐里[①]，梦初回。见狞神几尊恶像仪[②]，手执金锤，鬼使跟随，打着面独脚皂纛旗[③]。犯由牌写得精细[④]，劈先里拿下王魁[⑤]，省会了陈殿直[⑥]，李勉那斯也听者[⑦]：奉帝敕来斩你伙负心贼[⑧]！

注释：①**鸳帐**：夫妻共寝的帘帐。②**狞神**：面目凶恶之神。**恶像仪**：凶恶的形貌姿态、仪表。③**皂纛旗**：黑色大旗。纛，军中大旗。④**犯由牌**：宣布犯人罪状的告示牌。⑤**劈先**：首先、开头。**王魁**：古代有名的负心人。王魁考取功名後，绝情抛弃曾经山盟海誓“永不相负”的妓女桂英，桂英自尽，化为厉鬼夺了王魁性命。⑥**省会**：照会，告知。**陈殿直**：指陈叔文，殿直是官称。陈叔文授职後，家贫无力赴任，得到妓女兰英资助，便瞒着妻子与兰英成婚。为怕事发，他又把兰英和女奴推落水中，後二人鬼魂向陈复仇索命。⑦**李勉**：宋元杂剧《李勉负心》载，李勉在春游时遇一女子，与她私奔後，受岳父训斥，竟将原配韩氏鞭打至死。**听者**：听着。者，语助词。⑧**帝敕**：玉皇大帝的诏令。

钟馗嫁妹·杨柳青年画

287 喜春来

xǐ chūn lái

wú míng shì
无名氏

jiāng shān bù lǎo tiān rú zuì，táo lǐ wú yán chūn yòu guī，rén shēng qī shí gǔ lái xī。tú shèn de，zūn yǒu jiǔ qiě kāi huái。

江山不老天如醉，桃李无言春又归，人生七十古来稀。图甚的，尊有酒且开怀。

288 普天乐

pǔ tiān lè

wú míng shì
无名氏

mù xī fēng，wú tóng yuè。zhū lián yīng wǔ，xiù zhěn hú dié。yù rén jiāo yī shǎng huān，bì yùn niàng shí fēn yuè。duàn jiǎo shū zhōng huái nán yè，hàn xī fēng huàn qǐ lí bié。zhī tā shì tuán yuán yě mèng yě，huān yú yě zuì yě，fán nǎo yě xǐng yě？

木犀风[①]，梧桐月。珠帘鹦鹉，绣枕蝴蝶。玉人娇一晌欢[②]，碧酝酿十分悦[③]。断角疏钟淮南夜[④]，撼西风唤起离别[⑤]。知他是团圆也梦也，欢娱也醉也，烦恼也醒也？

注释：①**木犀**：桂花的别称。②**一晌**：指不多的时间，片时，一会儿。③**碧酝酿**：绿色的酒。④**断角疏钟**：断断续续的号角声，稀疏的钟声。⑤**撼西风**：摇落草木的西风。

仕女图之画像　明·杜堇

289 塞鸿秋·春怨

sài hóng qiū chūn yuàn

wú míng shì
无名氏

wàn bīng xiāo sōng què huáng jīn chuàn fěn zhī cán dàn le
腕冰消松却黄金钏[①]，粉脂残淡了
fú róng miàn zǐ shuāng háo diǎn biàn duān xī yàn duàn cháng cí
芙蓉面，紫霜毫点遍端溪砚[②]，断肠词
xiě zài táo huā shàn fēng qīng liǔ xù tiān yuè lěng lí
写在桃花扇[③]。风轻柳絮天[④]，月冷梨
huā yuàn hèn yuān yāng bù suǒ huáng jīn diàn
花院，恨鸳鸯不锁黄金殿[⑤]。

注释：①**腕冰消**：手腕肌肉消瘦。冰，凝脂。喻女人肌肤雪白莹柔。**钏**：手镯。②**紫霜毫**：紫色兔毛制成的毛笔。**端溪砚**：以广东德庆县端溪产石所制的砚台。③**断肠**：形容极度忧伤的愁肠。**桃花扇**：指歌扇。④**柳絮天**：杨花纷飞的暮春时节。⑤**黄金殿**：犹言金屋，形容居室极其华丽。

雍正妃行乐图之三　清·佚名

290 雁儿落带过得胜令·指甲

无名氏

宜将斗草寻①，宜把花枝浸，宜将绣线挦②，宜把金针纫③。宜操七弦琴，宜结两同心④，宜托腮边玉⑤，宜圈鞋上金⑥。难禁，得一掐通身沁⑦。知音，治相思十个针⑧。

注释：①**斗草：**又称斗百草，古代青年妇女和儿童的一种游戏。春夏之时，同伴三数人，寻取草色中吉祥而罕见者多种，各道名目，比赛胜负。②**挦：**拔扯。指刺绣时拔线出针的动作。③**纫：**缝纫，以线穿针孔。④**结两同心：**编织同心结。同心结，用锦带打成的连环回文样式的结子，是男女相爱的象征。⑤**腮边玉：**玉制耳环、耳坠之类。⑥**圈鞋上金：**指在鞋上饰以金边。⑦**掐：**捏、按。**通身沁：**指快感渗遍全身。⑧**十个针：**喻纤纤十指的指甲。

千秋绝艳图之灵女　明·佚名

291

hè shèng cháo
贺圣朝[1]

wú míng shì
无名氏

chūn xià jiān biàn jiāo yuán táo xìng fán　yòng jìn dān qīng
春夏间遍郊原桃杏繁，用尽丹青
tú huà nán　dào tóng jiāng lǘ bèi shàng ān　rěn bù zhù
图画难[2]。道童将驴鞴上鞍[3]，忍不住
zhǐ rèn bān wán　jiāng yī gè jiǔ hú lú yáng liǔ shàng shuān
只恁般顽[4]，将一个酒葫芦杨柳上拴。

注释：①**贺圣朝**：黄钟宫曲牌。②**丹青**：指红色、青色的绘画颜料。**图画**：绘图，画画。③**鞴**：本为驾车之具，此当动词用。意为将鞍辔等套于马上。④**恁般**：这般。**顽**：顽皮。

仿古山水图　清·上　睿

yù jiāo zhī

玉交枝[①]

wú míng shì

无名氏

xiū zhēng xián qì dōu zhǐ shì nán kē mèng lǐ xiǎng

休争闲气，都只是南柯梦里。想

gōng míng dào dǐ chéng hé jì zǒng xū pí jǐ rén zhī

功名到底成何济[②]？总虚脾[③]，几人知？

bǎi bān guāi bù rú yī jiù chī shí fēn xǐng zhēng sì sān fēn

百般乖不如一就痴[④]，十分醒争似三分

zuì zhǐ zhè dí shì rén shēng luò dé bù shòu yòng tú

醉[⑤]。只这的是人生落得[⑥]，不受用图

gè shèn de

个甚的[⑦]！

注释：①**玉交枝**：南吕宫曲牌，又作《玉娇枝》。句式为：四六、七三三、七七、六六。此曲，《全元散曲》引《太和正音谱（下）》，後有过曲《四块玉》。别本有的分列为二曲。②**成何济**：有何益处。**济**：成功，成就。③**总**：一概，全都是。**虚脾**：虚情假意。④**一就**：一味、一直。⑤**争似**：怎似。⑥**的是**：确实是。的，的确。**落得**：乐得；甘愿去做。⑦**受用**：享用、享受。

仿古山水图　清·上　睿

元曲三百首

293

殿前喜

无名氏

谪仙醉眼何曾开①，春眠花市侧。伯伦笑口寻常开，荷锸埋②，曾何碍，糟丘高垒葬残骸③，先生也快哉！

注释：①谪仙：指唐代诗人李白。《新唐书·李白传》：李白“往见贺知章，知章见其文，叹曰：‘子，谪仙人也！’”称誉其才学超凡出众，如同谪降人世的神仙。②“伯伦”句：西晋刘伶，字伯伦，为人纵酒放达，曾作《酒德颂》。与阮籍、嵇康等人并称“竹林七贤”。《晋书·刘伶传》载：“（伶）常乘鹿车，携一壶酒，使人荷锸而随之，谓曰：‘死，便埋我！’”荷锸：扛着铁锹。③糟丘：堆积如山的酒糟。

294

驻马听

无名氏

月小潮平，红蓼滩头秋水冷①。天空云净，夕阳江上乱峰青。一蓑全却子陵名②，五湖救了鸱夷命③。尘劳事不听④，龙蛇一任相吞并⑤。

注释：①红蓼：蓼草花淡红色，故言红蓼。红蓼滩头常泛指隐居之处。②蓑：蓑衣。全：成全。子陵：东汉严光的字，隐居富春山，以垂钓著名。③“五湖”句：越国被吴王夫差打败後，范蠡与文种一道辅佐越王勾践，终于灭吴复国。灭吴後，范蠡功成身退，飘然而去。相传曾泛舟五湖得以保全性命。文种却因越王勾践听信馋言，赐金剑令其自杀。鸱夷：范蠡游齐国时，人称“鸱夷子皮”。④尘劳：佛教指尘俗事务的烦恼。泛指尘俗劳累事务。⑤龙蛇吞并：比喻社会政治生活中各派势力的争斗消长。一任：听凭，听任。

295

qīng jiāng yǐn

清江引

wú míng shì

无名氏

chūn mèng jiào lái xīn zì jǐng　wǎng shì bān bān yìng

春梦觉来心自警[1]，往事般般应[2]。

ài shà táo yuān míng　xiào shà hú ān dìng　xià shāo tóu dà

爱煞陶渊明，笑煞胡安定[3]，下梢头大

dōu lái bù jiàn yǐng

都来不见影[4]。

注释： ①**春梦**：比喻已成过眼云烟的功名富贵经历。②**往事般般应**：指以往的经历一桩桩都在梦境中得到应验。**般般**：件件。③**胡安定**：指胡瑗，宋海陵人，学者称安定先生。是宋代理学家，专讲君臣之份、礼仪之学。拘于礼法，“虽盛暑，必公服坐堂上，严师弟子之礼。”“徐积初见先生，头容少偏，先生厉声云：‘头容直。’”作者认为胡安定的思想行为显得迂执可笑。④**下梢头**：结果，结局。**不见影**：意谓一场空。

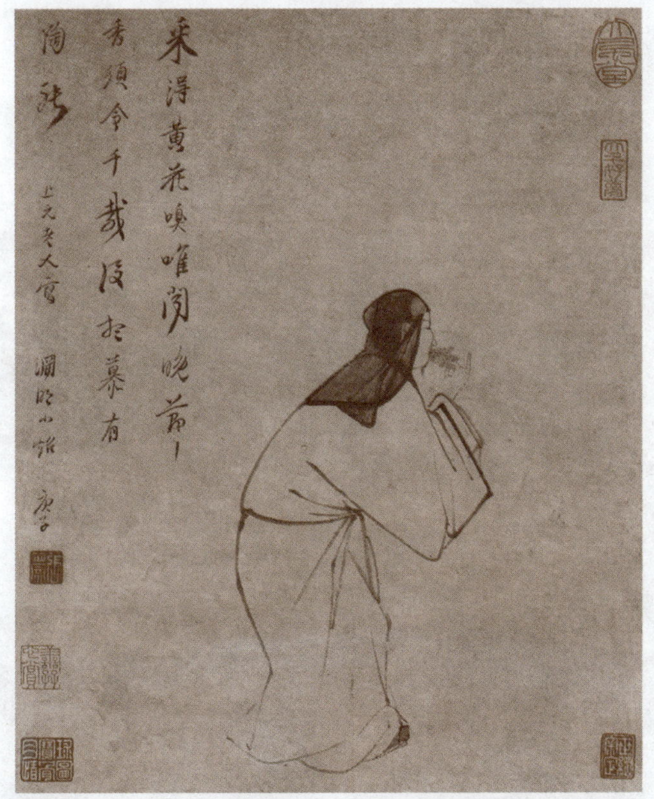

渊明嗅菊图　清·张风

296

醉太平

无名氏

堂堂大元①，奸佞专权②。开河变钞祸根源③，惹红巾万千④。官法滥，刑法重，黎民怨。人吃人，钞买钞，何曾见⑤？贼做官，官做贼，混愚贤⑥。哀哉可怜！

注释：①**堂堂**：有伟大、正大之义。《史记·滑稽列传》："以楚国堂堂之大，何求不得。"**大元**：元朝的尊称。此均为讽刺。②**奸佞**：狡猾奸诈、巧言谄媚的人。③**开河**：元顺帝至正十一年（1351），元帝为抢运江南粮食，派兵部尚书贾鲁治理黄河，征调民工二十万，筑堤浚淤，开凿黄河故道。官吏乘机搜刮，加重民众负担，百姓再次受灾，这是元末农民起义的原因。**变钞**：指元代统治者滥发纸钞，钞币经常贬值，兑换新币时，还要加收工本费。④**红巾**：元末由韩山童、刘福通等人领导的农民起义军，以头裹红巾为标志，故名。⑤**钞买钞**：元代币制十分混乱，每次改变钞法後，旧币仍与新币并行，官府还规定了兑换率，因而造成了新旧币互相倒买的现象。⑥**贼做官**：官至"万户"的朱清、张瑄，原是海盗。

元世祖像

元世祖后像

297 雁儿落带过得胜令

无名氏

一年老一年，一日没一日。一秋又一秋，一辈催一辈。一聚一离别，一喜一伤悲，一榻一身卧，一生一梦里。寻一伙相识，他一会咱一会。都一般相知，吹一回唱一回。

桐阴清梦图　明·唐寅

298

醉太平

无名氏

利名场事冗①，林泉下心冲②。小柴门画戟古城东③，隔风波数重。华山云不到阳台梦④，磻溪水不接桃源洞⑤，洛阳城不到武夷峰⑥。老先生睡浓。

注释：①**冗：**繁杂、烦冗。②**心冲：**胸怀冲和、淡泊。③**小柴门画戟：**以小小柴门作为仪仗。画戟，采饰的门戟，是王宫、权贵门前的仪仗。④**华山云：**相传南朝宋少帝时，南徐士子从华山畿往云阳，见客舍一少女，心爱她而无从接近，郁郁而死。其葬车过华山时，至少女家门，车不前，牛不动，少女妆点沐浴而出，歌《华山畿》一曲。棺木应声而开，女入棺，合葬。**阳台梦：**相传楚襄王梦神女于阳台下，巫山神女主动向楚王献身，朝云暮雨，欢会一时。⑤**磻溪：**姜子牙隐居垂钓遇周文王之处。**桃源洞：**指与世隔绝的隐者世界。为陶渊明《桃花源记》所写仙境。⑥**武夷峰：**在福建崇安县南，相传为神人武夷君所居之地。

林泉高逸图　清·方士庶

299

zuì tài píng

醉太平

wú míng shì

无名氏

jí pēng fān kuǎi chè xiǎn è sǐ líng zhé jīn
急烹翻蒯彻[1]，险饿死灵辄[2]。今
rén quán yǔ gǔ rén bié jiàn xué xiē gè zhuǎn zhé liáo hú
人全与古人别，渐学些个转折[3]。撩胡
fēng chì jǐn yuān le dú xiē diào jīng áo bù shàng chā le chái biē
蜂赤紧冤了毒蝎[4]，钓鲸鳌不上扠了柴鳖，
dǎ qīng luán wú jì pū le hú dié lǎo xiān shēng shǒu zhuō
打青鸾无计扑了蝴蝶[5]。老先生手拙。

注释：①**蒯彻**：秦汉之际的辩士，因为他曾劝说韩信背汉自立，汉高祖刘邦要将他烹死，因善辩得以免死。②**灵辄**：晋灵公时人，家贫，赵宣子救助他，赏给他母子饭食，後晋灵公派他刺杀赵宣子，他倒戈救护赵宣子。③**转折**：向相反的方向转。④**撩**：取。**赤紧**：其实、当真。⑤**青鸾**：传说中的神鸟。

扑蝶图　清·费以耕

300

zuì tài píng
醉太平

wú míng shì
无名氏

jìn sān chà dào běi bàng dú mù qiáo xī záo kāi
近三叉道北，傍独木桥西。凿开
shù mǔ yǎng yú chí biān yī zāo jǐn lí fēng ér zhí zǎo
数亩养鱼池，编一遭槿篱①。蜂儿值早
yá cuī niàng jiù cán huā mì yīng ér tí shǔ guāng yí mèng rào
衙催酿就残花蜜②，莺儿啼曙光移梦绕
lú huā bèi yàn ér fēi ǎi lián dī xián rù luò huā ní
芦花被，燕儿飞矮帘低衔入落花泥。
lǎo xiān shēng wèi qǐ
老先生未起。

注释：①**一遭**：一圈。**槿篱**：槿树植成的篱藩。槿，木槿，落叶灌木，夏秋开花，有白、紫诸色，朝开暮闭，可供观赏。②**蜂儿值早衙**：群蜂飞集，有如官吏清早上衙门排班。**早衙**：旧时官府早晚坐衙治事，早晨上衙谓之早衙。**酿就**：酿成。

301

zuì tài píng
醉太平

wú míng shì
无名氏

nán huá jīng kàn chè dōng jìn tiè guān jué
《南华经》看彻①，东晋帖观绝②。
xī liáng zhōu měi yùn yī hú jié là hóng dēng zhào zhě mù
西凉州美酝一壶竭③，蜡红灯照者。木
mián xuě bèi chūn chū rè chén tán yún mǔ xiāng yōng rè méi
棉雪被春初热，沉檀云母香慵热④。梅
huā dǒu zhàng yuè ér xié lǎo xiān shēng shuì yě
花斗帐月儿斜⑤。老先生睡也。

注释：①《**南华经**》：即《庄子》。唐玄宗天宝元年下诏称为《南华真经》。**看彻**：看遍、从头看到底。②**东晋帖**：东晋大书法家王羲之的字帖，後世尊为极品。③**西凉州**：元代将甘肃武威郡定名西凉州。这里指西域。**美酝**：美酒。④**沉檀**：沉香与檀香，熏香用的香料。**云母**：矿石，析为薄片可透光。此指用云母装饰的香炉。**慵**：懒散、困慵。⑤**斗帐**：小帐子。因其形如斗，故称斗帐。

zuì tài píng chūn yǔ

醉太平·春雨

wú míng shì

无名氏

zǔ yīng chóu yàn lǚ　zì dié chì fēng xū　dōng

阻莺俦燕侣[1]，渍蝶翅蜂须[2]。东

fēng lián mù lěng zhēn zhū　hán shēng yuàn yǔ　xiǎng cóng zhēng dī

风帘幕冷珍珠，寒生院宇。响琮琤滴

suì yáo jiē yù　xì míng méng rùn tòu shā chuāng lǜ　shī

碎瑶阶玉[3]，细溟濛润透纱窗绿[4]，湿

mó hú xǐ dàn huà dòng zhū　zhè dí shì lí huā mù yǔ

模糊洗淡画栋朱[5]：这的是梨花暮雨[6]。

注释：①**俦**：伴侣。②**渍**：沾。③**琮琤**：玉石相击声，常用于形容水石相击声。**瑶阶**：以玉石砌成的台阶。④**溟濛**：模糊不清。⑤**朱**：涂饰雕梁画栋的红颜料。⑥**的是**：确实是，实在是。

春居图　清·袁　耀

303

醉太平

无名氏

看白云万丈，映翠竹千竿。赋归来饱饷两三餐[①]，晃韶光过眼[②]。怕行舟远使追张翰[③]，倦登楼烂醉思王粲[④]，紧关门高卧袁安[⑤]。老先生意懒。

注释：①**赋归来**：指陶渊明赋《归去来辞》。**饷**：食物，吃饭。②**韶光**：美好时光。③**张翰**：著名隐士。张翰因天下混乱，见秋风起，思念吴中家乡的莼菜鲈鱼而弃官归隐。④**王粲**：三国时人。著《登楼赋》抒写感时怀乡之情。⑤**高卧袁安**：东汉袁安，大雪积地丈馀，封堵了家门和路，他仍卧家不出。问其因，回答大雪人人皆饿，不应出去求助他人。

雪景故事图之袁安卧雪　清·孙祜

304 沉醉东风

chén zuì dōng fēng

wú míng shì
无名氏

fú shuǐ miàn qiān tiáo liǔ sī, chū qiáng tóu jǐ duǒ huā zhī。zuì kàn yǔ hòu shān, xǐng rù qiáo biān sì。zhèng jiāng nán yàn zǐ lái shí, dào chù tíng tái hǎo fù shī, shǎo jǐ gè zhī yīn zài cǐ。

拂水面千条柳丝，出墙头几朵花枝。醉看雨後山，醒入桥边肆。正江南燕子来时，到处亭台好赋诗，少几个知音在此。

305 沉醉东风

chén zuì dōng fēng

wú míng shì
无名氏

chuí liǔ wài dī dī fěn qiáng, zhú huā qián xiǎo xiǎo yá chuáng。zhèn chūn hán fěi cuì píng, cáng yè yuè fú róng zhàng。jǐ bān ér bù bǐ xún cháng, huí shǒu táo yuán lù miǎo máng, shǒu dǐ zhù yá ér màn xiǎng。

垂柳外低低粉墙，烛花前小小牙床①。镇春寒翡翠屏②，藏夜月芙蓉帐③。几般儿不比寻常，回首桃源路渺茫④，手抵住牙儿慢想。

注释：①**牙床**：装饰有象牙的精美的床或坐榻。②**镇**：压，这里为“挡”意。③**芙蓉帐**：用芙蓉花染缯制的帐。④**桃源**：此处指桃源洞。相传晋代刘晨、阮肇入天台山采药，失归路，采桃充饥，沿溪而行，遇二仙女，与之结成婚姻，因此称天台山上洞府为桃源洞。洞中有墙隔成的东、南二室，内各有绛罗帐，帐角悬铃，上有金银交错。刘、阮留居半年，返家後已十世，再寻仙女，不得其洞。

306

折桂令

无名氏

叹世间多少痴人，多是忙人，少是闲人。酒色迷人，财气昏人，缠定活人。钹儿鼓儿终日送人①，车儿马儿常时迎人。精细的瞒人②，本分的饶人。不识时人③，枉只为人④。

注释：①**钹儿鼓儿**：指出殡时的奏乐。②**瞒**：瞒骗。③**不识时**：不识时务。④**枉只**：即枉自、徒然、白白地。

门酒听鹂图 明·张翀

307 凭栏人

无名氏

点破苍苔墙角萤[1]，战退西风檐外铃[2]。画楼秋露清，玉栏桐叶零[3]。

注释：①**萤**：萤火虫。古人认为是由腐草化成的夏季之虫，故言“点破苍苔”。常夜间飞出活动，又称流萤。②**战退**：害怕、畏惧。**檐外铃**：指檐马儿，即风铃。③**零**：凋零。

308 红衲袄[1]

无名氏

那老子彭泽县懒坐衙[2]，倦将文卷押[3]。数十日不上马，柴门掩上咱[4]，篱下看黄花[5]。爱的是绿水青山，见一个白衣人来报[6]，来报五柳庄幽静煞[7]。

注释：①**红衲袄**：黄钟宫曲牌，又名《红锦袍》。②**那老子**：指陶渊明，曾任彭泽令。老子，对男性的敬称。**坐衙**：即到官署办公。③**文卷押**：指批阅文卷。**押**：在公文案卷上签署姓名或批文。④**咱**：着。句末助词。⑤**黄花**：菊花。菊花秋天开，秋令为金，以黄色为正，因称黄花。⑥**白衣人**：指童仆，送酒人。典出南朝宋·檀道鸾《续晋阳秋》，重九日，正弘遣“白衣人”给陶渊明送酒故事。⑦**五柳庄**：陶渊明作《五柳先生传》自况。因而人们也称陶渊明为“五柳先生”，其隐居的庄园，人称“五柳庄”。

陶潜归庄图之三　元·何　澄

曲家谱

阿里西瑛（生卒不详），回族人，为阿里耀卿学士之子。善吹筚篥，能写词曲。曾住吴城（今江苏苏州市），自称其居室为“懒云窝”，并作《殿前欢》小令以自述志趣。名士贯云石、乔吉、卫立中、吴西逸皆有和曲。《太和正音谱》列其为“词林英杰”，《金元散曲》录存其小令四首。

阿鲁威（生卒不详），字叔重，号东泉，蒙古人。曾任泉州路总管、南剑太守、翰林学士、参知政事等职。译过《资治通鉴》。後辞官寓居杭州，工散曲，与虞集、张雨等人时有唱和。其散曲风格豪放潇洒。《太和正音谱》称其词“如鹤唳青霄”。《金元散曲》录存其小令十九首。

奥敦周卿（生卒不详），亦作奥屯周卿，女真族人。生活于元初。其先世仕金。父奥敦保和累立战功，由万户迁至德兴府元帅。周卿本人历官怀孟路总管府判官、侍御史、河北河南道提刑按察司佥事。为元散曲前期作家，与杨果、白朴有交往，相互酬唱。今存小令二首，套数一篇。《太和正音谱》列为“词林英杰”。

白朴（1226—约1306），元著名戏曲作家。字仁甫、太素，号兰谷，隩州（今山西河曲）人。後居真定（今河北正定）。父白华为金枢密院判官，与元好问有通家之谊。七岁时因战乱与家人离散，後得元好问救助，由元好问抚养成长。在学问修养方面得到元好问的指点和帮助。金亡後，不肯出仕，浪迹山水，以诗酒自娱。一度寓居金陵（今江苏南京），晚年仍归北方。他工于杂剧，与关汉卿、马致远、郑光祖并称元曲四大家。所作杂剧十六种，代表作为《梧桐雨》，被誉为“元曲冠冕”。另有词集《天籁集》。散曲清丽婉约，间有旷放之作。有小令三十七首，套数四套。

伯颜（1236—1294），姓八邻氏，生长在西域，至元初奉使入朝，以才识被世祖忽必烈留用，至元十一年任中书左丞相，领兵攻宋，十三年攻破南宋都城临安（杭州），俘谢太后、恭帝等。转战二十多年，战功卓著，极受宠信。至元三十一年，忽必烈去世，又拥奉成宗即位。卒，封淮南王，谥宗武。存小令一首。

曹德（生卒不详），字明善。曾任衢州路吏。至元年间，丞相伯颜擅权，滥杀无辜。曹德曾作《清江引》二首予以讥刺。伯颜遂下令缉捕曹，曹避难关中，数年後伯颜免职，始返大都。擅长写散曲，《录鬼簿》称其“华丽自然，不在小山之下。”《金元散曲》录其小令十八首。

查德卿（生平不详），《乐府群珠》、《太平乐府》、《尧山堂外记》、《北曲拾遗》都收有他的作品。其曲作多写爱情及叹世怀古之作，风格清新。其《柳营曲·江上》描写渔父生活的悠然自适，被《中原音韵·作词十法》列为定格。《雨村曲话》称道其曲为“他人不能道”。《金元散曲》收录其小令二十二首。

陈草庵（1245—1320後），字彦卿，号草庵，大都（今北京）人。《录鬼簿》称其为“陈草庵中丞”，列为“前辈名公”。孙楷第《元曲家考略》认为即陈英。元张养浩《归田类稿》说他曾任监察御史、诸道宣抚、中丞等职。《金元散曲》录存其小令二十六首。

邓玉宾（生卒不详），《录鬼簿》称他为“前辈已死名公有乐府行于世者”，曾官同知。今存散曲小令四首，套数四套。多为宣扬道家思想，描写隐居修道生活。《太和正音谱》评其曲风“如幽谷芳兰”。

冯子振（约1257—约1314），字海粟，号怪怪道人，又号瀛州客，攸州（今湖南攸县）人。曾官承事郎、集贤待制。好读书，博学强记，文思敏捷，一挥万馀言。以博学英词闻名于时。所作散曲豪放潇洒，多写闲适之情。贯云石评其曲：“海粟之词豪辣灏烂，不断古今”。《金元散曲》录存其小令四十四首，以《鹦鹉曲》最著名。

高克礼（生卒不详），字敬德，一作敬臣。号秋泉，河间（今属河北）人。官至庆元理官，与乔吉友善，工于小曲乐府。《录鬼簿》列为“方今才人”。《金元散曲》录其小令四首。

顾德润（生卒不详），字君泽（或作均泽），道号九山（或作九仙），松江（今上海）人。曾任杭州路吏。後迁平江。曾自己刊行《九山乐府》、《诗隐》二书在市街出售。《太和正音谱》评其曲“如雪中乔木”，列为上品。现存小令八首，套数二套。

关汉卿（约生于金末，卒于元成宗大德年间），晚号已斋叟。大都（今北京）人，一说祁州（今河北安国县）人。《录鬼簿》说他金时曾任太医院尹，入

元後不再做官。他“生而倜傥，博学能文，滑稽多智，蕴藉风流，为一时之冠”，但他不求仕进，一生大都从事杂剧创作，为元初杂剧界的领袖人物。著有杂剧六十馀种，现存《窦娥冤》、《救风尘》、《望江亭》、《拜月亭》等十八种。以《窦娥冤》最为著名。另有散曲套数、小令几十首。其杂剧作品，反映黑暗的社会现实，表现人民的苦难和反抗精神。尤其是塑造了各种被压迫妇女的典型形象。王国维谓其曲辞“曲尽人情，字字本色”，“当为元第一”。与郑光祖、白朴、马致远号称“元曲四大家”。

贯云石（1286—1324），维吾尔族人，本名小云石海涯，自号酸斋，又号芦花道人。元功臣阿里海涯之孙，因其父名贯子哥，便以贯为氏。云石出身将门，武力超人。後弃武学文。深受汉文化熏陶，师从姚燧，刻苦好学，深受姚燧器重。元仁宗时，官拜翰林侍读学士、中奉大夫、知制诰同修国史。後弃官南下，隐居杭州一带，卖药市中，过着诗酒自娱的优游生活，散曲风格豪迈。《太和正音谱》评为“如天马脱羁”。与同时的徐再思齐名。徐号甜斋，贯号酸斋，後人合二人散曲为《酸甜乐府》。《金元散曲》存其小令七十九首，套数八篇。

盍志学（生卒不详），《录鬼簿》列他为前辈名公，称他为“盍志学学士”。今人或疑其为盍西村，盱眙（在今江苏）人，工散曲。今存小令十七首，套数一套。风格清新自然，《太和正音谱》评其曲“如清风爽籁”。

胡祗遹（1227—1293），字绍开，一作绍闻，号紫山。磁州武安（今河北磁县）人。至元元年，授应奉翰林文字、太常博士，转任左右司员外郎。当时，权臣阿合马当国，进用群小，吏冗政繁。他奏议省官减政，触犯了权奸，被贬为地方官。他在做地方官时，抑豪强，扶寡弱，“吏畏民爱”。著有《紫山先生大全集》，与当时艺人朱帘秀有交往，互赠小令。卒谥文靖，赠礼部尚书。《太和正音谱》评其曲风“如秋潭孤月”。《金元散曲》录存其小令一百二十首。

景元启　生平不详。今存小令十五首，套数一篇。

李伯瞻（生卒不详），号熙怡。据孙楷第《元曲家考略》，他就是李屺，其祖父李恒，元初为蒙古汉军都元帅，曾打败文天祥，攻破张世杰、陆秀夫，累立战功。其曾祖父曾为西夏国主。其父李民安，官至平章政事商议枢密院事。李伯瞻自己曾官至翰林直学士、阶中议大夫。善书画，能词曲。《太和正音谱》把他列为“词林英杰”，《太平乐府》录存其小令八首。

李乘（或作李德载），生平事迹不详。《太和正音谱》将其列为“词林英杰”。现存小令十首，题材独特，都是写茶的，在散曲创作中少见。

李致远（生卒不详），江右（今江西）人。至元中，曾居溧阳（今属江苏），与文学家仇远相交甚密。仇远有《和李致远君深秀才》诗，谓“有才未遇政何损，知尔不荐终当羞。”可知他是个仕途不顺，“功名坐蹭蹬”，一生很不得志的穷书生。《太和正音谱》列其为曲坛名家，称其词“如玉匣昆吾”，形容秀气内蕴，藏锋不露。散曲今存小令二十六首，套数四套。

刘秉忠（1216—1274），初名侃，字仲晦。原籍端州（今江西高安），曾祖时移居邢州（今河北邢台）。十七岁时为邢台节度使府令使，不甘为刀笔吏，便入山为僧，法名子聪，号藏春散人，後来见到元世祖忽必烈，论天下事，参与机密，被留用。拜官後更名秉忠，四十九岁还俗，任光禄大夫，位居太保。参预中书省事，为元代开国重臣。为人好学，至老不衰，为官後仍保持淡泊清静的斋居蔬食生活。又擅长天文算术，著名天文学家郭守敬为其学生。著有《藏春散人集》。《金元散曲》录存其小令十二首。

刘敏中（1243—1319），号中庵，字端甫，济南江丘（今山东章县）人。元世祖至元年间，任监察御史。因弹劾权臣桑哥未被受理，便辞官回家。不久又被起用，历任陕西行台治书侍御史、集贤学士，河南行省参知政事、淮西肃政廉访使、山东宣尉使、翰林学士承旨等职。能诗、词、文，著有《中庵集》。卒谥文宪。《金元散曲》录存其小令二首。

刘庭信（生卒不详），山东益都人，原名廷玉，因排行第五，身长又黑，时人称为“黑老五”或“黑刘五”。工散曲，《录鬼簿》称他“风流蕴藉，超出伦辈，风晨月夕，唯以填词为事”。散曲多写相思怨别，曲辞新鲜活泼，吸收口语，模仿俚曲，在元後期散曲作家中独树一帜。其所作套曲《春日送别》“语极俊丽，举世歌之”，盛行一时。《太和正音谱》评其词“如摩云老鹘”。今存散曲小令三十九首，套数七套。

刘燕歌　生平不详。《青楼集》说她“善歌舞”，可知她大概是一位歌妓。能词曲。齐参议还山东，刘燕歌写此小令为其饯行。是她仅存至今的一首小令。

刘致（？—1335後），字时中，号逋斋，石州宁乡（今山西平阳）人。因其父任广州怀集令，所以他少随父在广东，父死後，游宦于湖南、江西、河南等

地。元成宗大德二年，为翰林学士姚燧所赏识，被推荐为湖南宪府吏；後历任永新州判、翰林待制、浙江行省都事等职。与杨仲弘、张可久等为文字交。钟嗣成《录鬼簿》称他为“前辈名公”。所作散曲，收于《太平乐府》、《阳春白雪》二书中。

卢挚（1242—1315後），字处道，一字莘老，号疏斋，又号嵩翁，涿郡（今河北涿县）人。元世祖至元五年进士，官至翰林学士承旨。在政界文坛，交游极广，与姚燧、揭傒斯、白朴、马致远及女艺人朱帘秀都有唱和酬答。著有《疏斋集》、《疏斋後集》，今不存。散曲作品存小令一百二十首，内容多写闲情逸趣，题材广阔，风格多样，为早期代表作家。贯云石《阳春白雪序》称其曲“妩媚，如仙女寻春，自然笑傲”。

吕止庵（生平不详），元人曲书中另有吕止轩，似为一人。《太和正音谱》称其词“如晴霞结绮”。今存散曲小令三十三首，套数一套。

马谦斋（生卒不详），与张可久为同时人，与张有交往，互赠词曲。做过京官，後辞官归隐杭州，过着诗酒自娱的优游生活，曲多愤世之音，现存小令十七首。

马致远（约1250—1324），元代著名戏曲家。号东篱，大都（今北京）人。曾参加大都的元贞书会，被推为“曲状元”。曾任江浙行省官吏，但仕途不顺，晚年隐退。与关汉卿、郑光祖、白朴并称“元曲四大家”。所作杂剧约十五种，《汉宫秋》、《岳阳楼》等为其代表作。又是著名散曲大家，散曲成就为世所称道，有辑本《东篱乐府》，存小令百馀首，套数十七篇。内容大多感慨世情，抒写对社会现实的不满，在愤激中夹杂着消极避世的思想。他扩大了散曲的题材，提高了散曲的意境，对散曲的发展起了重要影响。《天净沙·秋思》为其代表作，有“秋思之祖”之誉。

孟昉（生卒不详），字天暐，本西域人，寓居大都（今北京）。元顺帝至正十二年为翰林待制，官至江南行台监察御史。入明後不知所终。《金元散曲》录存其小令十三首。

倪瓒（1306—1374），字元镇，自号风月主人，又号云林子、幻霞子。无锡人，家豪富，以巨款广造园林，购置书画，藏书数千卷，又置古鼎名琴，每日琴棋书画自乐，吴人号为“神仙”。元末忽弃家业，疏散家财，浪迹太湖一

带，自称“懒瓒”，又称“倪迂”。擅画水墨山水，作品意境清远。与黄公望、吴镇、王蒙合称“元四家”。诗文有《清閟阁集》，多写湖山景色、田园情趣，间或流露出抑塞不平之气。《金元散曲》录存其小令十二首。

钱霖（生卒不详），字子云，松江（今上海）人。天历、至顺年间，弃俗为道士，法名抱素，号素庵。晚年居嘉兴，筑室鸳湖，自号泰窝道人。曾与杨惟桢等人友善。擅长词曲，编有《江湖清思集》、《醉边馀兴》、《渔樵谱》。《录鬼簿》称《醉边馀兴》“词语极工巧”，所著集均佚亡。现存散曲小令四首，套数一套。

乔吉（？—1345），字梦符，号笙鹤翁、惺惺道人。山西太原人。流寓杭州。一生穷困不得志，浪迹江湖，寄情诗酒。以《西湖梧叶儿》一百篇蜚声词坛。所著杂剧十一种，今存《扬州梦》、《两世姻缘》、《金钱记》三种。都是爱情喜剧，以词采华美著称。其散曲作品数量之多仅次于张可久，与张可久齐名。其作品雅俗兼备，生动活泼，以清丽为主。亦有奇警之作。李开先说他的散曲“种种出奇而不失之怪”，并说“乐府之有乔、张，犹诗家之有李、杜”，给予极高评价。後人辑有《惺惺道人乐府》、《文湖州集词》、《乔梦符小令》三种。今存小令二百零九首，套数十一篇。

任昱（生卒不详），字则明，四明（今浙江鄞县）人。与散曲作家张可久、曹德同时。年轻时好狎游，所作小曲流传于歌妓之口。中年功名不获，晚年锐志读书，工七言诗，与杨维贞等名士相唱和。散曲由华丽转为沉郁，多喟叹人情淡薄，仕途险恶。今有散曲小令五十九首，套数一套。

孙周卿（生平不详），孙楷第《元曲家考略》说他为古汴（今开封）人。曾流寓江西、湖南。其小曲多写山居生活之闲适自得，当是其自己生活的写真。今存散曲小令十七首，套数二首。

汤式　字舜民，号菊庄，浙江象山人。元末郁郁不得志，流落江湖间。入明後曾得到明成祖朱棣的赏赐。著有杂剧《瑞仙亭》、《娇红记》二种，今皆不存。所作散曲名《笔花集》，语多工巧，写时广为流传。

滕斌（生卒不详），一作滕宾，字玉霄，黄冈（今属湖北）人。至元年间，任翰林学士，出为江西儒学提举。後弃家入天台山为道士。为人风流蕴藉，痛饮狂歌，潇洒豪迈。与卢挚等人有交往。著有《玉霄集》。《太和正音谱》评其曲“如碧汉闲云”。《金元散曲》录存其小令十五首。

汪元亨（生卒不详），字协贞，号云林，别号临川佚老，饶州（今江西波阳）人。曾任浙江省掾，後迁居常熟。他生在元末乱世，厌世情绪极浓。所作杂剧有三种，今皆不传。《录鬼簿续篇》说他有“《归田录》一百篇行世，见重于人”。现存小令恰一百首，中题名“警世”者二十首，题作“归田”者八十首。多写田园隐逸生活，风格疏隽。

王伯成（生卒不详），涿州（今河北涿县）人，与马致远为忘年交。有《天宝遗事诸宫调》见称于世，现已残缺不全。还创作三种杂剧《李太白贬夜郎》、《泛浮槎》、《兴项灭刘》，後二种今不存。现存小令二首，套数三套。

王鼎（1242—1320），字和卿，大都（今北京市）人。元钟嗣成《录鬼簿》列为前辈名公，称其为“大学士”。其祖父王大有于金哀宗正大八年（1231）由汴迁至蔚州，後和卿因任官京都，又迁家至大都（今北京）。为关汉卿的挚友。其散曲具有滑稽佻达、玩世不恭的作风，其中既有狂放不羁的潇洒，也有诙谐幽默的恶作剧。《金元散曲》录存其小令二十一首，套数一首。

王实甫（生卒不详），名德信。大都（今北京市）人。约与关汉卿同时，曾做过官，约活到六十岁以上。晚年退隐，专心创作，写过杂剧十四种。著名的杂剧为《西厢记》，被认为是北曲最好的作品之一，至今仍脍炙人口。古人评其曲说：“实甫之词，如花间美人，铺叙委婉，深得骚人之旨。”《西厢记》被誉为“天下夺魁”之作。其散曲，今存小令三五篇。

王元鼎（生平不详），与阿鲁威是同时代人。孙楷第《元曲家考略》说他为西域人。曾任翰林学士。与元文宗时著名歌妓顺时秀交往密切。天一阁本《录鬼簿》在“前辈名公”中将其名称为“王元鼎学士”。擅散曲，文词流美。《太和正音谱》把他列入“词林英杰”中，现存散曲小令七首、套数二套。

王恽（1226—1304），字仲谋，号秋涧，卫州汲县（今属河南）人。做过监察御史、提刑按察翰林学士等官。元好问弟子，善文，能诗词，一生好学，是当时著名的学者、词曲家和书法家。生平著作丰富，有文集一百卷，词曲集《秋涧乐府》四卷，存小令四十一首。

卫立中（生卒不详），名德辰，字立中，华亭（今上海市松江县）人。以有才干知名，善书法。《太平乐府》“姓氏”篇及《太和正音谱》“词林英杰”中均列其名。存世小令二首。

吴弘道（生卒不详），字仁卿（一说名仁卿，字弘道），号克斋。金台蒲阴（今河北安国）人。曾任江西省检校掾史。曾汇编中州诸老书牍为一编，名《中州启札》。又著《金缕新声》，今佚。所作杂剧《楚大夫屈原投江》五种，今亦不存。《金元散曲》录存其小令三十四首，套数四套。

吴西逸（生平不详），与贯云石同时。《太平乐府》、《乐府群珠》、《北词广正谱》都收录了他的作品。《太和正音谱》称其散曲"如空谷流泉"。存世散曲有小令四十七首。

鲜于必仁（生卒不详），字去矜，号苦斋，渔阳（今北京密云县）人。他父亲为元初书法家和诗人鲜于枢，在文坛享有盛誉。必仁豪爽好客，工词曲，海盐杨梓二子从其受学，传为"海盐腔"。《太和正音谱》列其作为上品，评为"如莹璧腾辉"。《金元散曲》录存其小令二十九首。

徐再思（生卒不详），字德可，嘉兴（今属浙江）人。曾任嘉兴路吏。因好甜食，自号甜斋。与贯云石为同时代人，贯云石号酸斋，二人齐名。後人曾将贯云石和徐再思的散曲合编成《酸甜乐府》。徐为元代後期著名散曲作家。多写江南风物和闺情，风格清新明丽，注重修辞技巧。《太和正音谱》评其作品"如桂林秋月"。今存小令一百零三首。

薛昂夫（生卒不详），维吾尔族人。汉姓马，字九皋。故亦称马昂夫或马九皋。原名超吾。出身仕宦贵族之家，先世内迁，居怀孟路（治所在今河南沁阳）。祖、父皆封为覃国公。本人历任江西省令史、太平路总管、衢州路总管等职，晚年归隐杭州皋亭山一带。有诗名，有《九皋诗集》。散曲小令多连章组曲，如《朝天子咏史》二十首等。其曲"词句潇洒"。《太和正音谱》说："薛昂夫词如雪窗翠竹。"时人比之马致远，故有"二马"之称。现存散曲小令六十五首，套数三套。又善篆书，有诗名。

严忠济（？—1293），一名忠翰，字紫芝，山东长清人。其人仪表不凡，长于骑射，袭父职任东平路行军万户。元世祖忽必烈攻宋，忠济奉诏率兵进军，所战多捷。人告其威权太盛，被召还京。他治理东平时，让当地豪绅代属下和百姓缴纳所欠赋税。卸职後，豪绅们向他讨债，忽必烈听後为他偿还。至元二十三年，特授资德大夫中书左丞行浙江省事。因年老，辞不就。能曲，《太和正音谱》将其列为"词林英杰"。《金元散曲》录存其小令二首。

杨朝英（生卒不详），号澹斋，青城（今山东高唐）人。曾任郡守、郎中，後归隐。与贯云石、阿里西瑛等交往甚密，相互酬唱。时人赞为高士。他选

辑元人小令、套数，编成《阳春白雪》、《太平乐府》，人称《杨氏二选》，元人散曲多赖此二书保存和流传。本人亦工散曲，风格或清隽，或豪放。《太和正音谱》评其曲“如碧海珊瑚”，杨维桢将他与关汉卿、卢疏斋等并提，赞其“奇巧莫如”。现存小令二十七首。

杨果（1195—1269），字正卿，号西庵。祁州蒲阴（今河北安国县）人，在金朝时中过进士，当过县令，到元朝做到参知政事、怀孟路总管等高官。《元史》说他“工文章，尤长于乐府”。为人聪敏，诙谐风趣，是元初知史作家，卒谥文献。著有《西庵集》。《太和正音谱》说：“西庵之词，如花柳芳妍。”现存小令十一首，套数五套。

姚燧（1238—1313），字端甫，号牧庵。原籍营州柳城（今辽宁辽阳），後迁居河南洛阳。少孤，为伯父姚枢抚养。後为国子祭酒许衡所赏识。历任翰林学士承旨、集贤大学士、太子少傅等职。以古文著称，诗文刚劲宏肆，气势豪雄，一扫宋末弊习，为当时大家。时人比为韩愈、欧阳修。散曲婉转，笔调流畅。为有名的散曲作家。原有辑，已佚。清人辑有《牧庵集》。《金元散曲》录存其小令二十九首，套数一套。

虞集（1272—1348），元代学者。字伯生，号道园。世称邵庵先生。祖籍仁寿（今属四川），生于江西崇仁。元成宗大德初到大都（今北京），官国子助教博士。後官至奎章阁侍书学士、翰林直学士兼国子祭酒。为元中叶最负盛名的文学家，与杨载、揭傒斯、范木亨并称“元诗四大家。”天历中，朝廷修《经世大典》，任总裁。著有《道圆学古录》、《道圆遗稿》。

元好问（1190—1257），字裕之，号遗山，太原秀容（今山西忻县）人。金宣宗兴定五年进士。做过金朝翰林，曾任尚书省左司员外郎等职。金亡後，饱尝过国破家亡的痛苦，隐居不仕，专事著述。工诗文，是金元之际最有成就的文学家，有“元才子”之称。著有《遗山集》、《壬辰杂编》，另编有《中州集》。今存小令九首。

曾瑞（生卒不详），字瑞卿，大兴（今北京大兴县）人。因羡慕江浙人才辈出、钱塘景物佳美，便移居杭州。其人傲岸不羁、神采卓异，谈吐不凡，淡于名利，以布衣终身，自号褐夫。优游市井，与江淮一带名士多有交流。靠熟人馈赠为生，善画能曲，著有杂剧《才子佳人误元宵》，今存，又著散曲集《诗酒馀音》，今不存。现存小令五十九首，套数十七篇。

张弘范 (1238—1280)，元大将，字仲畴，涿州定兴（今属河北）人。曾从伯颜攻宋，任前锋渡江，长驱建康（今南京）城。後又任蒙古汉军都元帅，南取闽广，俘文天祥，南宋亡。不久病亡。追封淮阳王，谥献武。因排行第九，时称“张九元帅”。他善槊，能诗，《金元散曲》录存其小令四首。

张可久 (约1280—1348後)，字小山。庆元（今浙江庆元县）人。以路吏转掌管文牍的首领官，又曾为桐庐典史。年七十馀尚为昆山幕僚，一生仕途坎坷失意，不得志，曾漫游苏、浙、湘、赣、皖、闽诸地。晚年定居杭州，专攻散曲写作。为元曲散曲作家写作数量最多的一位。《金元散曲》辑录其小令八百五十五首，套数九套。其作品多吟咏山水及写男女恋情，放逸抒怀，风格典雅。曲风有诗词化倾向，《太平正音谱》评他为“词林宗匠”，明李开先把乔吉和他二人比为诗中的李杜，在元代曲坛享誉极高。

张鸣善 (生卒不详)，名择，号顽老子。原籍平阳（今山西临汾），後迁居湖南，流寓扬州。历官宣慰司令史，江浙提学。元亡後隐居吴江。为名杂剧家，写过杂剧《烟花鬼》、《夜月瑶瑟怨》、《草园阁》三种，今皆不存。《太和正音谱》称其曲词“藻思富赡，烂若春葩”，列于最上品，雅为“一代作手”。

张养浩 (1269—1329)，字希孟，号云庄，山东济南人。二十岁时被山东按察使焦遂荐为东平学正，历官监察御史、礼部尚书等职。因直言上疏，触忤权贵，得罪权奸，深感官场险恶，而弃官归隐。六十岁时，关中大旱，又被召为陕西行台中丞，前往救灾，因劳瘁死于任上。追封滨国公，谥文忠。後人题其墓碑“名留天地，齐鲁一人”。能诗，著有《归田类稿》。散曲多写于辞官归里之时，写隐逸生活，同时流露出对仕途风波的厌恶。有《云床休居自适小乐府》传世。《金元散曲》录其小令一百六十一首，套数二套。

张子坚 (生平不详)，与张可久为同时人。做过盐运判官。《太和正音谱》将其列为“词林英杰”。今仅存小令一首。

赵善庆 (生卒不详)，一作赵孟庆，字文贤，一作文宝，饶州乐平（今江西乐平县）人。《录鬼簿》说他“善卜术，任阴阳学正”。著杂剧《教女兵》、《村学堂》八种，均佚。散曲存小令二十九首。善写景，风格秀丽。《太和正音谱》称其曲“如蓝田美玉”。

赵显宏 号学村，生平不详。《金元散曲》录存其小令二十一首，套数二套。

赵禹圭（生卒不详），字天锡，汴梁（今河南开封市）人。至顺年间曾任镇江府判官。所有杂剧《试汤饼何郎傅粉》《贾爱卿金钗剪烛》二种，今不存。今存散曲小令七首。

钟嗣成（约1279—1360），字继先，号丑斋。原籍大梁（今河南开封）人。寄居杭州，曾多次参加明经考试，屡试不中，又当过掾史，也未得提升，遂退官回家杜门著书。顺帝时编撰《录鬼簿》二卷，载元散曲、杂剧作家小传及剧目，为研究元曲重要资料，著杂剧七种，今亡佚不传。散曲今存小令五十一首，套数一首。

周德清（生卒不详），号挺斋，江西高安人。北宋词人周邦彦的後代，家境贫寒，终身不仕。工乐府，精音律。著有音韵学名著《中原音韵》，总结了北曲用字押韵的经验。为我国古代有名的音韵学家。所作散曲甚多，格律严密，词采俊茂，为曲家典范。今存散曲小令三十一首，套数三套。

周文质（？—1334），字仲彬，祖籍浙江建德，後定居杭州。家世业儒，做过路吏。与钟嗣成相交二十馀年，过从甚密。钟嗣成在《录鬼簿》称他“学问该博，资性工巧，文笔新奇”，“善丹青，能歌舞，明曲调，谐音律，性尚豪侠。”散曲风流潇洒，大都抒写风月恋情，也有感慨身世之作。《太和正音谱》评其曲“如平原狐隼”。所作杂剧今知有四种，现仅存《苏武还乡》，不全。散曲存小令四十三首，套数五套。

珠帘秀　即朱帘秀，排行第四，人称朱四姐，元代著名杂剧女艺人。元夏庭芝《青楼集》说她“杂剧为当今独步、驾头、花旦、软末泥等，悉造其妙”。不仅擅长表演，曲子也写得很有才情。与关汉卿、胡祗遹、卢挚、冯子振、王恽等许多散曲作家均有唱和之作。《金元散曲》录其小令一首，套数一套。

仕女图　清·冷　铨